KB078778

작은 삶의 둘레길 2

작은 삶의 둘레길 2

초판 1쇄 발행 2023년 6월 19일

지은이 김준
펴낸이 이기봉
편집 좋은땅 편집팀
펴낸곳 도서출판 좋은땅
주소 서울특별시 마포구 양화로12길 26 지월드빌딩 (서교동 395-7)
전화 02)374-8616~7
팩스 02)374-8614
이메일 gworldbook@naver.com
홈페이지 www.g-world.co.kr

ISBN 979-11-388-2022-6 (03810)

• 가격은 뒤표지에 있습니다.

• 파본은 구입하신 서점에서 교환해 드립니다.

수없이 많은 모퉁이를 돌아서 지금까지 왔건만,

어쩌면 끝이 없는 모퉁이를 우리는 사는 동안

쉼 없이 돌아야 할 것 같다. - 〈서문〉 중에서

좋은땅

서문

작은 삶의 둘레길 2

삶의 모퉁이를 돌 때면 그 너머에는 아름답고 평온한 삶이 기다리고 있음을 항상 생각한다.

수없이 많은 모퉁이를 돌아서 지금까지 왔건만, 어쩌면 끝이 없는 모퉁이를 우리는 사는 동안 쉼 없이 돌아야 할 것 같다.

한 발자국, 한 발자국 인생의 모퉁이를 돌면서 최선을 다하는 삶을 그곳에 남기기 위해 많은 노력을 한 것 같지만, 뒤돌아보면 보이는 삶의 모습은 굴곡진 허점투성이일 뿐이다.

오늘도 '다시'를 외쳐 보며 모퉁이에서 모퉁이로 이어진, '작은 둘레길'을 걸어 본다.

보이는 모습은 비탈져 있고 많은 돌부리들이 앞을 어렵게 만들고 있다. 그러나 내가 지금껏 이겨 왔던 삶의 한 축을 정리해 가면서, 희망의 불빛을 밝히고, 그 속에서 사랑과 희망으로 가득 찬 새로운 둘레길을 또다시 만들어 가고 싶다.

글쓴이 김준

목차

Utopia (41×53cm, 캔버스, 아크릴채색, 2021)

1

두 번째 둘레길의 시작

두 번째 둘레길이 시작된다.

2년 전 찾아온 손길이 참 예쁘다는 생각이 들어 다시금 작은 삶의 보퉁이를 펼쳐 본다.

둘레길에서 쉽게 볼 수 없었던 그 아름다움이 작은 가슴을 설레게 한다. 하나하나 추억을 담아 가면서 또 다른 나를 찾아간다.

내 삶의 또 다른 여운을 얼마나 담아낼지 기대되지만, 언제나처럼 부족함도 이제는 용기가 되어 나를 위로하고 있다.

아름다움만이 멋진 삶은 아닐진대, 그저 평범함 속에서 오늘을 살아가는 나와 수많은 사람들의 그림자를 같이 느껴 보고 싶다.

시작을 알리는 종이 울리기 시작한다. 울렁거림이 아닌 그저 긴 여운으로 오랫동안 간직해 가는 그런 시작이기를 조용히 외쳐본다.

2

성숙함을 인정해 가는 삶

추억으로 기억되는 삶의 모습을 마음껏 써 내려가고 싶다.

힘난하다는 세상도 즐거움이 있고, 기쁨도 있기 마련이다. 프리드리히 니체의 "아픈 만큼 성숙해진다"는 작은 진리가 오늘은 나에게 크게 다가오고 있다.

"실패는 성공의 어머니"라는 격언처럼 현실이 나에게 전해 주는 아픈 기억과 수많은 실패들이 나를 조금씩 강하게 성장시키고 있다.

작은 깨달음도 크게 울려오고 아름다움을 간직하는 마음이 열리기 시작하는 것이다.

아픔을 감사로 그리고 더 나아가 성숙함으로 발전해 가는 삶이, 더 큰 세상 속 그 어딘가에서 나를 새롭게 탄생시켜 나가길 조용히 소망하며 기다려 본다.

조심스럽게 다가오는 사랑의 그림자도 마음껏 받아들이고 싶은 날이기도 하다.

3

변함없는 보석

내 마음도 누군가에 닻을 내린 느낌이다.

새로운 시작이 두렵기만 하지만… 이제는 그 두려움마저 잘 극복해 나갈 수 있을 것 같다.

희망의 교차점에서 때늦은 일이라 여겨지지만, 지금은 삶의 무게가 한 장 한 장 쌓여 가며 감사와 기쁨 그리고 슬픔, 용서와 사랑 이 모든 것이 상념의 주제로 정착되어 가고 있다.

드라마에서 누군가 "난 단 하루를 살아도 당신과 꼭 같이 살고 싶다"라고 한 그 한마디처럼 아름다운 사람과 열심히 흰 도화지에 무엇이든 그려 보고 싶다.

수없이 지우고 찢을지라도, 그 속의 보석 같은 삶의 고운 채색은 많은 배려의 힘으로 우리를 오래도록 물들여 줄 것 같다.

이제 열 살의 어리석음도 알 것 같고 팔순의 노여움도 이해할 것 같다.

긴 시간 나눔을 이어 가며 기도 속에서, 이제 또 다른 변함없는 보석을 다듬으며 살고 싶다.

4

소소함의 행복

일상에서 행복을 찾는 것을 잊어버리고 멀리서 행복을 찾으려 이리저리 산과 들을 헤매고 있다.

멋지고 아름다움이 있는 곳에 분명 행복도 있으리라는 막연함에, 화려하게 보이는 곳을 기웃거려 보지만 그 속에도 행복의 그림자는 보이지 않는다.

허상을 쫓아가는 인생 내리막…. 이제는 행복의 불빛이 항상 위에만 있는 게 아닌, 낮게 넓게도 아름답게 켜져 있음을 본다.

소소하게 설거지하는 평화스런 아내의 모습에도 행복이 있다는, 작은 일상의 기쁨을 발견하는 날이다.

시작은 행동에서 출발한다고 한다.

행동하지 않는 시작은 멈춤 그 자체이다.

오늘 아내를 안아 줄 용기가 생겼다면 이 또한 소소한 행복의 시작이 찾아온 것이다. 멀리가 아닌 가까이에서 찾아가는 삶의 행복은 오늘도 내 주위를 항상 맴돌고 있다.

5

새로운 도전의 삶

불안했던 코로나 확진이 이제는 현실이 되었다. '안 걸리면 되지'라는 강했던 부정이, 이젠 조금씩 '그래, 어차피 걸렸으니…' 하는 체념 섞인 긍정적 당연함으로 바뀌어 나를 위안해 주고 있다.

코로나와 함께 생긴, 직장인들의 "어휴! 나도 확진이라도 되어 한 주간 쉬고 싶다"라는 자조적인 이야기를 들을 때면, 그래도 '니들은 걸려도 난 걸리지 않아' 하고 속으로 건강주의자라 자신했지만, 결국 나 역시 코로나의 굴레에서 벗어나지 못하고 확진이 되고 말았다.

누구한테 감염되었는지는 두말할 것 없이 아이 할머니라는 의심은 부정할 수 없다. 도대체 외출이 없으신 분이 어디에서 감염되었는지는 아직도 알 수 없는 우리 집 미스터리가 되어 버렸다.

확진에 따른 격리로 하루, 이틀, 사흘이 지나면서, 이제 요령까지 생겨 반쪽짜리 통나무 위에서 운동하는 방법까지 찾아내면서 격리에 대한 적응을 하나씩 잘해 나가고 있다.

또 하나의 변화는 삼식이가 되었다는 것이다. 확진자로서 치료약을 꼭~ 꼭 먹어야 한다는 회복지침에, 식사 또한 하루 세끼 꼬박꼬박 먹다 보니 내 평생 이런 삼식이 호강이 있었나 뒤돌아본다.

돌아봄 속에 생활의 다른 모습들이 새롭게 싹이 트는 모습을 보았다. 하나, 둘 셈에 맞추는 듯한 규칙적인 생활과 주위의 돌봄 속에서 나만의 보물찾기가 시작된 것이다.

그 보물은 영원히 변함없는 물질이 아닌, 헌신적 배려와 사랑을 누군가와 나누기 위한 다짐의 출발점이며, 미래의 새로운 도전의 삶을 찾고 만들어 가고 있는 것이다.

6

진실의 무게와 가식의 무게

진짜 내 모습은 어느 쪽인가?

사람이 살면서 자신의 모습을 누군가에게 보일 때에는, 이리저리 자신을 살피고 돌아봐야 할 것들이 많다.

특히나 목적과 목표가 뚜렷한 자리에서는 그 분위기에 내 모습을 잘 맞춰야 한다는 큰 압박감에, 진정한 나를 잊고 실속이 없는 겉치레가 된 또 다른 내 모습을 보이기 위해 노력할 때가 많다.

오늘도 누군가와 만남의 자리에서 가면 쓴 모습으로 상대를 감동시키기 위해, 열심히 가면극을 펼쳐 보인 것 같아 마음 한구석에 찜찜함을 느낀 날이다.

나를 돌아보는 인생길에서, 혹여 지금껏 깊은 내면의 나를 보이지 못하고 그저 좋은 게 좋은 거라는 가식의 희망만 남에게 보이며 살았을 거라는, 후회 깊은 반성을 하게 만드는 날이기도 하다.

내 진실의 무게와 가식의 무게 중 나는 어느 쪽이 무거울까…. 그리고 나의 모습은 어느 쪽일까?

저울에라도 올라가고픈 마음이지만, 정말 오늘 마음은 소크라테스의 명언처럼 '내가 아는 것은 내가 아무것도 모른다는 사실' 일 뿐이다.

7

하나를 담으면 둘이 될 것 같은 마음

나는 요즈음 둘만의 설렘을 다시금 누군가와 만들어 가고 싶다.

남들은 그 나이에 유치하지 않느냐고 이야기하지만, 그 유치함은 어쩌면 우리가 가지는 작은 진실 중 하나는 아닐까 하는 의문을 던져 본다.

하루 종일 둘만의 감정 밸런스를 맞추기 위해 새로운 감성을 보듬어 가는 시간도 만들어 가고 싶다.

서로의 일상리듬이 흐트러지더라도, 사랑의 바구니에 담기는 하나하나의 소리 없는 화음은 순간마다 둘이 되어 아름다운 선율을 전해 줄 것 같다.

하나를 담으면 둘이 될 것 같은 이런 마음에, 오늘은 사랑의 바구니 속에 둘의 하모니를 조용히 만들어 가고 싶다.

8

황금 비율 같은 균형

우리가 가진 것 중 가장 중요한 것을 이야기하라고 하면, 나는 신앙이라고 답하고 내가 아는 누군가는 아마도 사랑하는 아이들이라고 대답할 것 같다.

그 중요함은 '어쩌면 우리가 살면서 가장 두렵고 어려우며 사랑스런 존재는 아닐까'라는 생각을 문득 가져 본다.

어린 시절 주일학교를 가지 않고 동네 형을 따라 산위에 있는 전망대에 놀러 가서 헌금할 돈으로 신나게 과자를 사 먹고 오후 늦게 집에 들어와 엄청나게 혼났던 기억과, 교회를 가지 않으면 큰일이 있을 거라는 소리에 신앙의 중요함과 두려움이 나를 혼란스럽게 할 때도 많았던 것 같다.

지금도 교회를 빠지게 되면 어떤 불미스러운 일이 일어날 것 같은 두려움으로 한 주간이 힘들다는 것을 잠재의식으로 느끼며 살아가고 있다.

이처럼 내가 중요하다고 생각하는 것은 두려움과 어려움의 대상이기도 하다.

내가 아는 누군가는 가장 중요한 것은 사랑스런 어린 두 아이라고 하면서, 조금이라도 떨어져 있으면 깊은 물가에서 놀고 있는 아이를 보는 것 같아 걱정이 앞선다고 한다.

가장 좋아하는 것이 언젠가는 슬픔이 되고, 내가 중요하다고 외치는 것이 두려움과 어려움의 걱정으로 나를 얽매이게 하면서, 모든 삶은 황금 비율 같은 균형을 유지하면서 우리의 일탈을 제어하고 있다.

내 주위에서 행동은 없더라도 기댐의 기대치만 있어도, 두렵고 힘든 삶의 걱정은 많이 사라짐을 느낀다는 이야기를 자주 듣곤 한다.

오늘 나는 누군가에게 삶의 황금 비율의 균형을 위해 나의 작은 어깨라도 기대라며 내어놓고 싶다.

두려움이 다시 삶의 기쁨으로, 걱정은 사랑스러움으로, 변화시킬 수 있는 균형 감각이 나의 새로운 활력으로 자리 잡기를 조용히 기대하면서….

9

태풍 전야

파란 하늘이 높게 보인다.

연일 텔레비전에서는 태풍 소식에 온 나라가 긴장이라는데, 태풍 하루 전 하늘은 너무도 평온하다.

사는 것도 이런 것….

언제 태풍과 같은 사고가 벌어질지 모를 그런 날들….

오직 조물주만의 영역을 우리는 늘 다가가기 위해 노력해 보지만, 그 영역은 온 우주라는 테두리 안에 묻혀 어디론가 사라지며, 다시금 태풍 같은 사고는 항시 우리 곁에 다가오고 있는 것이다.

기다릴 수밖에 없는 현실, 다가오지 않도록 돌리지 못하는 지금 순간들을 그저 문고리만 세게 잡고 있지는 않은지….

걱정과 근심으로 잠 못 이루는 날이 하루, 이틀 길어지면서, 당황이라는 두 단어만 내 모든 행동과 뇌리를 움켜쥐고 있다.

10

자연이 주는 향기

좋은 날이다….

오늘은 사랑스럽기까지 한 날이다.

나에게 왜냐고 묻는다면 "그냥 좋다"고 하고 싶다.

어떤 이유도 없고 필요함도 느낄 수 없지만, 내 마음은 이날이 사랑스럽다.

파란 하늘을 발코니를 통해서 보다 보니, 하얀 도화지에 파란 물감을 부어 놓은 것 같아 너무도 단순하지만 편안함이 있어 보인다.

일곱 색깔이 주는 화려함보다 단색이 주는 깊이는, 정말 오늘 나에게 새로운 좋음을 만들어 주고 있다.

사람을 만나도 화려함보다, 단순하지만 은은하게 풍기는 깊은 향을 느낄 수 있는 그런 만남이 그리운 날이기도 하다.

화려함을 만들기 위해 인공적으로 꾸민 것이 아닌 단순하지만 자연스러운 것이 오늘 또 다른 아름다움의 깊이를 만들어 주고 있다.

자연의 단순함에서 또 다른 오묘한 궁극의 아름다움을 느끼는 날이다.

파란 하늘이 펼쳐 보이는 깊이를 바라보며, 하늘이 주는 단순함의 아름다움을 통해 깊은 자연의 향기를 느끼면서, 좋은 날이라는 기쁨을 가슴속 깊이 담아 본다.

11

같이 맞이하고픈 풍요로움

오늘은 파란 하늘에 하얀 뭉게구름이 아름다움을 더하고 있다.

나의 코로나 격리도 오늘이 마지막 날이다.

확진 판정 후 걱정이 앞서 어떻게 해야 할지 고민하던 첫날의 기억도 사라지고, 이제는 저 파란 하늘의 뭉게구름처럼 평온을 되찾고 안심이라는 마음을 찾아 더욱 강하게 삶의 둘레길을 걷고 있다.

삶의 주위를 돌아보니 하루가 다르게 가을 전령들이 오고 있으며, 푸르게 보이던 벼 잎도 이제는 제법 누런 모습으로 변해 가며 풍년을 약속하고 있다.

가을의 풍요로움을 좀 더 느끼기 위해 창문을 열어젖혀 본다. 시원한 공기가 들어오면서 삶의 활력을 힘차게 불어넣어 준다.

움츠렸던 격리기간의 근심, 걱정을 모두 날려 버리고, 가을이라는 풍요로움을 오늘 다시금 마음에 담아 보며, 마음껏 이 풍성함을 올가을 다 같이 맞이하고 싶다.

12

빗장 열린 자유인

꽉 닫혀 있던 빗장이 열린 느낌이다.

집 안에 갇혀 생활하다 보니 어딘가에 깊게 갇혀 버린 느낌이었다.

그동안 치료약과 함께 하루 삼시세끼를 꼬박꼬박 먹었다. 아침 식사하고 둥근 통나무 위에서 20분간 운동하고 돌아서면 점심식사 준비…. 무슨 식사 시간이 이리도 빨리 오는지 하루 세끼 치르고 나면 저녁이다.

어제가 코로나 격리 마지막 날이었다. 빗장이 열린 오늘, 어디론가 마구 달음질쳐 보고 싶지만 명절이 코앞이라 명절 인사가 밀리다 보니, 그저 선물 배달부 노릇밖에 하지 못했다.

오늘만큼은 해방이라는 기분을 맘껏 누려 보고 싶었지만, 가는 날이 장날 같은 행운의 해방일은 아니었다. 한곳을 두 번씩 오가다 보니 지칠 법도 한데, 그래도 인사치레 제대로 못 하면 눈치가 보여 열심히 다니고 또 다녔다.

정말 선물이라는 것이 무엇을 바라는 것도 아니고, 그저 체면 유지로 하는 것이라 별게 아니라고 생각되지만, 막상 때가 되면 하나둘씩 늘어 가는 선물 개수는 오늘도 어김없이 머릿속을 복잡해지게 한다.

명절이 다가오는 게 두렵다는 어느 부부의 이야기처럼 오늘 나도 실감하게 된다. 기쁘게 나누는 선물이 아닌, 체면과 허식에 따른 걱정의 명절 선물로 변해 가는 우리네 명절 풍경은, 언제쯤 제자리를 찾아갈지 조심스럽게 고민해 본다.

빗장이 열린 오늘 이래저래 엇박자가 된 기분들을 다시금 정리하면서, 빗장 열린 자유가 이런 경우에는 결코 즐겁지만은 않다는 것을 새삼 깨닫는다.

13

밤 줍기가 주는 행복

모처럼 찾은 뒷산이다.

밤송이가 제법 탐스럽게 영글어 있어, 보름만 지나면 밤송이가 벌어지면서 산행을 하는 할머니, 할아버지, 온 가족의, 횡재 밤 줍기 경쟁이 벌어질 것이다.

아침 일찍 내가 먼저 줍겠다고 가끔 해 뜨기 전부터 무리하게 산행을 하다 낙상하는 바람에 밤 줍기가 결국 병원행을 만들어 버리는 웃지 못할 일들도 가끔씩 일어나기도 한다. 언제부터인지 동물 먹이로서 줍는 것을 자제해 달라는 안내문까지 붙어 있지만, 그래도 손에는 작은 비닐봉투를 들고 산행을 하는 분들을 볼 때면 안쓰럽기까지 하다.

시장에 가서 밤 한 되 사려면 얼마나 될까?

손에 든 봉투에 스무 개 정도 들어 있음직한 밤 비닐 봉투를 들고 흐뭇해하는 보통의 사람들 모습을 보면서, 가을 밤 줍기가 오히려 삶의 다른 기쁨을 주는 것 같아 동물 밥은 따로 주기로 하고, 온 가족이 즐기는 공식적 밤 줍기 대회를 열어 주는 것이 훨씬 더 보통 사람들에게 기쁨을 주는 행사가 되지 않을까 생각해 본다.

큰 것을 바라는 기쁨보다 이러한 소소한 놀이도 어쩌면 큰 행복을 줄 수 있을 것 같아, 명절을 앞둔 요즘 우리의 나눔을 조심스럽게 한 번쯤 정리해 봄직하다.

무조건 비싸고 좋은 것에만 안겨 보려는 우리네 범인들도, 이제 그 크기를 내 무게에 맞추는 현실이 또 그만큼의 다른 행복을 만들어 갈 수 있음을 이번 명절 다시금 생각해 보자.

14

바름과 그름을 인정하는 용기

한 주간 눌렸던 생활을 벗어 버리고 많은 사람과의 만남이 다시금 시작되었다. 나는 나름 무게도 잡아 보고 그간 힘들게 고생했음을, 누군가에게 인정받고 싶은 마음에서 여기저기 여담을 섞어 주간 소식을 털어놓는다.

모든 것을 자신이 한 것처럼 그리고 내가 대단했다는 것을, 또한 누군가가 헌신적으로 나를 도와줬다는 이야기를 하면서 전쟁에 이긴 승자처럼 떠들어 대고 있다.

참으로 나의 이야기가 듣는 이에게는 평범한 것일 텐데, 무슨 영웅담처럼 표현하면서 나는 좀 더 다른 사람이고 특별한 사람인 양 떠들어 대고 있다. 무엇 때문에 자신이 특별하고 보통 사람이 아님을 강조하고 있는 것일까?

어느 한구석이 텅 빈 것을 채우기 위한 것은 아닌지, 남들이 모르는 나만의 부족함을 위장하면서 그마저도 합리화하여 인정받고 싶음은 아닌지….

이렇게 살아가는 나의 모습이 오늘 유난히 부끄럽기까지 하다.

한 주간 빈 공간 같았던 삶이지만 그저 무난히 자연스럽게 채워졌음을 인정하는 삶의 여유가 나에게 필요한 날이다. 따라서 바름을 인정하고 그름을 부정할 수 있는 용기를 달라고 신에게 갈구하는 날이 되기를 기대해 본다.

15

빗소리의 설렘

오늘따라 비가 오다 보니 왠지 마음이 많이 설렌다. 비가 오는 날이면 구질구질하다기보다는 언제부터인지 조용한 설렘으로 다가오고 있다.

자꾸 창문 밖을 바라보면서 어딘가를 응시하고 그 속에서 누군가의 잔상을 찾으려 한다. 설렘이 더욱 강해지면서 새로운 그리움으로 나를 빠져들게 하고, 이제는 가슴 한켠 두근거림을 느끼게 된다.

빗소리에 귀를 기울이면 금방이라도 나를 부르며 다가올 것 같은 누군가의 소리가 오늘 유난히 맑게 들려올 듯하다. 설렘이 주는 작은 사랑을 마음껏 느끼고 싶은 날이기도 하다. 꽃봉오리에 조용히 다가와 속삭이듯 표현하는 나비처럼 그 속에서 깊은 단맛에 빠진 포근한 사랑을 느끼고 싶다.

빗소리가 더욱 크게 들리면 설렘도 점점 커져 가고 그 설렘은 결국 그리움으로 더욱 큰 사랑의 애착으로 변해 가고 있다.

빗방울 소리가 주는, 차분한 오늘의 작은 사랑을 흠뻑 받으며, 퇴근길 감사하는 사랑의 맛을 조용히 기대해 본다.

16

짚신 장사와 우산 장사

맑은 하늘에 실망했다는 소리가 들리지 않나…. 어이없는 기상청의 예보가 얄밉기까지 한 날이다.

태풍이 오면 많은 수해를 바란 것 같은 표현으로 받아들여질 만큼 태풍을 기다리던 사람들이, 틀린 예보 때문에 되레 화나게 되었다는 사연은 어떻게 설명해야 할까.

태풍으로 초, 중등학교가 휴교를 한다 하여 모처럼 직장인들 중 일부는 아이들과 시간을 보내고자 그 기간에 맞춰 같이 휴가를 냈는데, 날씨가 쾌청하여 휴교가 취소되는 바람에 아이들과 시간을 보낸다는 게 깨져 버린 것이다.

옛이야기 중 짚신 장사와 우산 장사를 둔 어머니 마음을 조금이나마 이해가 되는 느낌이다. 비가 오면 짚신 장사 아들 걱정, 날씨가 좋으면 우산 장사 아들 걱정…. 어디에 장단을 맞출 것인가? 우리네 사는 것 또한 기쁨과 슬픔이 같이 공존하듯, 기대와 실망도 같이 공존하고 있는 것을.

항상 기쁜 것, 좋은 것만 쫓아 살아가는 것이 행복의 지름길이라 외쳤지만, 그 속에는 가변성 많은 함정이 있어 때로는 손을 뻗쳐 우리를 반대로 밀어내고 있다는 생각이 든다.

우리가 산다는 것은 어쩌면 동전을 던져 올려 떨어졌을 때 어느 한 면이 정해진 대로 그것에 만족하면서 사는 것이 순리고 최고가 아닌가 하는 생각이 들면서, 나도 내 손안의 동전을 만지작거려 본다.

17

불평을 통한 나의 깨달음

우린 어느 곳이든 살아가면서, 나와 맞지 않는 일이 발생하면 불평함으로 일을 시작하게 된다.

왜 이런 일이 나에게만 생기는 것인지, 그리고 왜 이런 일로 내가 손해를 봐야 하는지 하는 마음이 점점 커져, 이 불평이 나로 끝나지 않고 결국 누군가에게로 번지는 경우를 가끔 볼 수 있다.

유대인 남자들은 '내가 남자로 태어나서, 내가 유대인으로 태어나서, 그리고 내가 노예로 태어나지 않아서'라고 하는 이 세 가지가 그들의 가장 큰 자랑이라고 한다.

돈 많음이 아니고 명예가 있음도 아닌, 아주 작은 존재감을 내가 살아가는 동안의 큰 자랑으로 여길 수 있다는 것은, 내 작은 삶의 방향을 바로잡아 주는 이정표가 되고 자부심으로 나타날 수 있다는 것이다.

불평을 통해서 나를 깨닫고, 불평을 넘어 새로운 도전거리를 찾고 고쳐 나가는 능력과 힘을 기를 수 있다면, 내 삶이 한층 더 밝아질 수 있지 않을까?

아침의 시작이 불만스럽고 짜증스럽더라도 그 불평스러움이 나를 오늘 바로 세우기 위한 힘일 것이라 여긴다면, 그 순간 어려움은 사라지고 그 어려움이 희망으로 다시 바뀔 수도 있음을 이 아침 강하게 느껴 본다. 아울러 불평 속에서 감사하는 삶도….

18

우리가 살아가는 도리

모처럼 나들이다.

사람의 도리를 다한다는 것은 정말 쉬운 일이 아닌 듯하다. 어딘가에 얽매여 끊어지지 않는 올무처럼 그런 것에 묶여 있는 느낌이다.

어김없이 찾아온 명절, 그래도 인사차 방문해야 하는 나들이를 하면서 많은 생각에 잠겨 본다.

내가 정말 가야 하는 걸까, 그래도 인사는 드려야지, 사시면 얼마나 사신다고 조금이라도 젊은 내가 가야지 하고, 많은 고민 속에서 다녀는 왔건만 마음 한구석은 뭔가 허탈하다.

처음 만나서 인사드리고 백년을 약속하겠다던 그 모습은 어디

가고, 백년손님도 이제는 누가 손님이고 누가 주인인지 구분이 되지 않는다. 그저 백년 약속도 지키지 못하고 헤어지는 사람들이 허다하고, 백년은 고사하고 삼십 년 세월도 시계추가 무거워져 흐르는 시간이 두렵기만 하다.

쉽지만 않았던 시간들이었지만, 살아온 그 세월이 너무 가치 없었단 말인가? 어떠한 모습의 관계이든 현실에선 도리를 지키며 살아가야 하는 우리의 삶 속에서, 어떻게든 온전한 삶의 방향을 찾아보려는 나의 노력이 오늘따라 가련하기까지 하다.

Utopia (73×61cm, 장지, 아크릴채색, 2017)

19

소공원의 작은 둘레길

누군가의 흔적을 하나씩 더듬으며 걸어 본다.

언제부터인지 마음 한컨에 손 꼭 잡고 걸어 보고 싶었던 그곳이다. 힘든 삶을 이야기하던 작은 식당과 공원의 모습을 보면서, 그 옛날 가슴앓이하던 때의 추억을 더듬어 보고 있다.

서로 마주 앉으면 머리를 맞댈 것 같은 식당의 모습을 보면서, 한때는 즐거움과 힘든 삶을 이야기하며 낭만과 희망의 모습이 보였던 곳이었는데, 지금은 그 초라함에 착잡한 가슴이 뭉클해진다.

조금 걸어 도착한 한 소공원도 어린 시절 돌고 돌았던 추억이 깃든 곳으로, 서로를 기대며 함께했던 기억이 오늘은 삶의 작은 둘레길로 나에게 다가와 보이고 있다.

작은 분수대 앞에 앉아 조용한 시간을 가져 본다.

이 작은 삶의 둘레길은 넓은 공간이 아닌 아주 작은 공간임에도, 항상 기쁨과 감사를 느끼며 살 수 있다는 작은 진리를 일깨워 주는 곳이기도 하다.

20

가족 중심의 아름다운 삶

즐거움이 있고 행복이 있어 보이는 날이다. 그래서 오늘만큼은 누구도 힘들지 않았으면 하지만, 그 약속된 날에 모인 가족들은 오히려 더 많이 힘들어하는 모습을 보이고 있다.

가족들을 더 힘들게 만드는 일들은 조금만 서로 양보하면 되는 일인데, 가족이기에 화해는 더 힘들어지는 것 같다.

가족이면 모든 게 쉽게 용서되고 화합할 수 있어야 할 것 같은데, 남들에 대한 용서와 화해보다 더 힘든 경우가 많고, 오히려 가족이 원수처럼 변하는 것이 일반인보다 더 쉽게 된다는 것은 정말 아이러니한 일이 아닐 수 없다.

누구나 가족이 내 삶에 우선이라고 주장하면서도, 어느 순간

다툼이 더 먼저 생겨나는 가족의 모습을 보면서, 가족 중심의 기본 가치관이 이해타산의 중심으로 변해 가는 현재의 우리 현실이 안타깝다.

핵가족 시대에 일어날 수 있는 당연한 현실이라고 인정하기에는 너무나 가족관계가 암울하다. 어둠이 오면 밝음이 온다는 작은 굴레의 이치를 이해하면서, 다시금 돌아올 가족 중심의 아름다운 삶의 관계 설정을 기대해 본다.

21

진정한 삶의 준비

참 좋은 사람이 있다.

언제나 나를 맞이할 준비를 하면서 기다리고, 내가 퇴근할 시간이면 미리 주차장까지 나와 기다리겠냐며 약속도 한다.

가슴 설레는 사랑을 느낄 때가 지난 것 같은데 이 짧은 약속이 내 마음을 다시금 설레게 하고 있다.

그저 습관처럼 살았던 생활들을, 만족과 설렘 없이 살아가는 우리의 덤덤한 일상을 또 듣고 느끼다 보니, 가장인 나도 윤활유 없는 기계처럼 무미건조한 삶을 살아오면서, 희생이 아닌 당연함으로 일관했던 것 같다.

그러나 오늘 참 좋은 사람의 한마디는, 멈춰 버린 시계가 움직이게 된 것같이, 나를 더욱 적극적인 삶의 무대로 옮겨 가는 기쁨을 주고 있다.

설렘의 기대도 없었던 일상에서 벗어나, 이제는 새롭게 도전하는 힘을 키우기 위해 노력할 것 같고, 다시금 출발을 외치는 행동의 실천을 마음껏 펼쳐 보고 싶은 날이다.

어눌함도 이제는 지혜로 이겨 나가며, 진정한 삶이 무엇인지 조금씩 깨달으며, 새로운 창고에 차곡차곡 사랑의 곡식을 쌓아가리라 다짐해 본다.

22

기쁨의 시간을 만들어 가는 삶

행복을 찾는다는 것은 소리에서부터 시작이라는 이야기가 있다.

우리는 누구를 만나게 되면 행복을 소리로 전달하게 될 때가 많다. "행복하게 보이십니다", "행복하십니까" 등 소리를 통한 전달은, 작은 파장을 일으키며 내가 행복한가를 생각하게 만들고, 그 생각은 결국 행복에 나를 가깝게 만들어 가고 있다 할 것이다.

이렇듯 우리에게 소리는 어떤 힘보다도 우리 생활을 크게 변화시키고 있음은 누구나 느낄 수 있을 것이다. 지금 이 순간 어떤 자리에서든 희망의 소리, 기쁨의 소리, 감사함의 소리를 이야기한다는 것은 정말 행복한 삶의 시작을 알리는 종소리인 것이다.

누군가 한 "잘할 수 있다" 그 한마디가 자신의 인생을 바꾸었다는 이야기를 종종 들을 때면, 내가 지금 한 마디씩 전하는 소리가 얼마나 중요한 것인지 새삼 느끼는 날이다.

많은 사람들이 명절 증후군을 겪으며 마음의 상처를 받고 불행해지는 것 중 하나는, 아마도 많은 실수나 잘못보다 말 한마디로 인한 다툼이었을 거라고 감히 이야기하고 싶다.

"말 한 마디가 천 냥 빚을 갚는다"는 우리 속담처럼, 좋은 소리, 아름다운 소리, 감사하는 소리가 우리 주위에 퍼져 나갈 때, 그 속에서 작은 변화가 일어나 행복이라는 생활을 만들고, 기쁨의 시간이 필경 만들어질 것이라는 것을 믿어 보자.

오늘이 그 시작점이 되길 간절히 기대해 본다.

23

들어만 주어도 좋은 삶

복잡한 의견이 오가고 서로 상충된 가운데, 서로 자기에 대한 생각을 관철시키려 하다 보니, 과연 그 해결방법은 무엇일까 하고 고민되었는데, 때마침 친구가 나에게 좋은 지혜를 주었다.

"서로 같은 내용으로 다툼이 생긴 후, 당신에게 연락이 왔을 때 당신은 장황한 설명을 통해 해결하려 하지 말고, 그냥 동감한다면서 경청해 주는 것"이 최고의 해결방법이라는 이야기를 듣고선, 참으로 나에게 지혜로운 동반자가 있음에 오늘 감사가 넘치는 날이라고 말하고 싶다.

그간 서로 자기주장을 이야기하면서 그저 어떤 것이 답이고, 어떤 것이 우선이 될 것인가 고민하고 열변을 토했던 기억이, 오늘따라 정말 '하수'의 삶을 살았구나 하는 생각이 드는 날이기도 하다.

무엇을 위해 그런 낮은 수의 삶을 자랑스럽게 생각하며 살았었나? 어쩌면 나의 부족함을 감추기 위해 허세와 아집을 부린 것은 아니었나 하는 생각이 들고, 지난 기억들에서 정말 친구의 한마디에 잘못 살았구나 하는 생각이 드는 날이다.

그냥 들어만 주어도 스스로 해결해 나갈 수 있음을 왜 그리도 흥분해 가며 떠들어 댔던가? 자칫 잘못된 설명을 통해서 영원히 그르치게 될 일은 하지 않았는지? 지금 생각하면 가슴이 내려앉는 느낌이다.

대화와 토론 중 멋진 표현과 설명에 치중하는 것보다, 그냥 들어만 줄 수도 있는 기다림이 우리가 살아가는 데 있어 꼭 필요한 삶의 지혜임을, 친구를 통해서 크게 깨달으며 내일은 분명 들어주는 선택을 실천할 것을 조용히 다짐해 본다.

24

과거에 집착하는 사랑의 혼란

진정한 사랑을 한다는 것은 많은 혼란을 수반하고, 그 혼란 속에서 만들어지고 다듬어지는 것 같다.

누군가를 사랑하게 되면 자신이 처음이기를 바라는 마음은 우리 모두가 갖고 있는 욕망이지만, 사람들은 살면서 모든 게 처음이 아닌 경우가 많은 것을, 한 번쯤은 만남을 통해 경험해 봤을 것이다. 새로운 만남과 사랑 속에는 혼란이 내재되어 있고, 더 나아가 질투 또한 생겨날 수 있게 된다.

태양이 뜬다는 것은 어제도 있었고, 내일에도 있는 것이다. 사랑 또한 어제도 있었고 내일도 있을 것이다.

오늘도 어김없이 우리는 열정 속에서 진정한 사랑을 나누는 것

만큼 자꾸 질투를 만들어 가고 있다. 과거에 집착하려는 마음, 이러한 것이 사랑의 혼란을 만들어 내고 있다. 과거는 묻지 않겠다던 약속도 시간이 지나면서 자꾸 확인하고픈 마음이 생겨, 서로에게 예기치 않은 혼란을 야기하고 있다.

삶의 출발은 순수하다고 하지만 우리 스스로 집착에 얽매여 있는 건 아닌지? 그리고 살면서 어딘가에서 순수성을 잃어버려 스스로 사랑의 혼란을 경험하게 되는 것은 아닌지….

이런 진정한 사랑에 대한 혼란은 다른 경험을 이해 못 함에서 시작되는 것으로, 이제라도 우린 서로가 살아온 인생의 바퀴를 서로 이해하여야 할 것이다.

오늘의 삶 또한, 그 흔적이 우리에게 영원히 과거라는 그림자로 남아 있음을 인지하고, 이해로써 오늘의 혼란을 극복하는 계기가 되어야 할 것이다.

25

세상의 이치를 깨닫는 것의 한계

오랜 기간 부모님을 모시고 살고 있다. 어느덧 아흔이 넘으시다 보니 한 해, 한 해 건강은 나빠지고 정신은 흐려지지만 고집 하나만큼은 횡소고집올 능기히신다.

그중 특히 텔레비전이나 신문지상의 광고는 최고라는 믿음으로, 정신과 신체건강에 좋다면 무조건 구입해야 한다는 고집은, 어느 누구도 꺾지 못하고 구입해 드려야 한다.

제발 병원을 찾아 진단도 받고 처방을 받아, 약을 드시길 원하는 가족의 이야기는 들은 체도 안 하시고, 오히려 돈까지 주시면서 건강식품 구입을 요구하는 모습에서 고집스럽게 나이가 들어가심을 새삼 느끼고 있다.

한결같은 자식 생각에, 밖에서 자신이 어디 다치시더라도 아들이 걱정할까 봐, 돌봐주는 사람에게 우리 아들 퇴근한 뒤에 집으로 연락해 달라시던 분이셨는데, 이제는 자식의 입장보다 자신의 결정으로 자식이 무조건 따라야 한다는 옹고집이 생기신 것이다.

"사람이 나이를 더 먹게 되면 세상의 이치를 더 잘 깨닫게 된다"라는 이야기를 참 많이 들었지만, 어느 순간 이 이야기는 모든 이에게 다 해당하지 않는 한계가 있음을 강하게 느낀다.

방문이 닫히는 소리를 듣는다. 자신을 믿어 주지 않고 왜 병원은 안 가시고 자꾸 광고만 신뢰하느냐고 떠드는 아들의 말이 섭섭하신 모양이다. 오랫동안 건강하신 모습으로 사시길 원하는 자식들의 기대가 한순간 흔들리기 시작하고, 더 나아가 나도 섭섭한 마음에 어떻게 모시는 것이 최선인지를 고민해 본다.

조금씩 달라지는 어머님의 모습에서 오늘 나는 또 다른 미래를 조용히 상상해 본다.

26

잠시 헤어짐도 중요… 하지만

다시금 어머니의 고집스러움에 힘든 하루를 마감한다. 항상 집에 들어오면 먹을 것부터 챙기시는 일과에, 정말 힘든 일이 벌어지고 만다.

남들은 호강스런 소리한다고 이야기하겠지만, 30여 년 모시고 살아온 지금에는 먹는 것을 챙겨 주시는 그 자식 사랑이 새로운 스트레스로 발전해 가고 있다.

이것 먹어라 저것 먹어라, 이건 어디에 좋고 저건 어디에 나쁘고, 텔레비전에서 봤는데 어느 박사가 이런 말을 하는데… 등등 매일 아침부터 저녁까지 듣다 보면 그 과한 간섭에 왜 이렇게 되셨을까 하면서 짜증이 앞선다.

알아서 먹겠다고 하면 당신을 싫어한다, 내가 나가야 한다, 심할 땐 내가 빨리 죽어야 한다는 말씀까지 하셔서 곧바로 자식을 불효자로 만들어 버리신다.

수많은 사람들이 부모님을 모시고 살기도 하고, 요양원 등을 통하여 모시기도 하는데, 모두는 그 나름 각자의 고통과 가슴앓이를 안고 살아가고 있을 것이다.

누가 효자인지 누가 불효자인지를 떠나, 서로를 이해할 수 없다는 것이 고통으로 이어지면서, 점점 삶이 피폐해져 가는 것을 느끼며 살고 있다.

더구나 노파심에서 하는 단순한 근심, 걱정만이 아니고, 종일 혼자 계신 까닭에 말상대가 없어 대화 부재에서 오는 현상이란 것도 잘 알기에, 측은하고 안타까운 마음을 어떻게 추스를까 오늘도 고심한다.

즐거움만이 사는 맛이라고 할 수 없지만, 그래도 예전같이 웃을 수 있는 평범한 저녁시간이 새삼 그립기도 하다.

누가 서운하고 누가 힘들게 하는지 오늘 또 다른 섭섭함을 들으면서, 잠시 헤어짐을 갖는 것도 최선일 수 있겠다는 생각도 하게 되고, 조용히 어디로 떠나 그곳에 많이 지친 나를 잠시 내려놓고 싶은 날이기도 하다.

그러나 막상 안 계시면 공허해질 그 빈자리는 어떻게 메꾸고, 날 키우신 그 사랑을 어떻게 쉽게 잊을 수 있으며, 또 어떻게 죄스럽고 불효한 마음을 감당할 수 있을까.

이래저래 걱정스럽기만 하지만, 부모, 자식 간으로서 마땅히 감수해야 하는 당위성이 아닐까 하고 위로해 본다.

온전해지시길 기도하며 현실 도피적이었던 현재의 마음을 다시금 다잡아 본다.

27

삶의 참맛을 누려 보기

오랜만의 만남이다. 오늘 만난 분은 오랫동안 공직에 계셨던 분으로 삶의 반을 감사 업무만 하신 생활습관 탓에, 어딘가 자신의 의지에 반하는 경우에는 상대를 제압해서라도 자신의 의지대로 따라오게 만들려고 했던 분이다.

그런데 오늘은 자신이 가지고 있던 고집을 많이 내려놓고 상대 이야기에 귀를 기울이는 모습을 보면서, 정말 변하지 않을 것 같은 천성과 같은 습관을 어떻게 내려놓게 된 것인지 많이 궁금했다.

어려운 게 싫고, 고민하는 게 싫고, 올바르지 못한 것을 보고 못 참는 성격이 나를 옥조일 것 같았는데, 살다 보니 그 반대로 자연스럽게 여유가 생기더라는 이야기를 들으면서, 삶은 세상을 어떻게 이해하고 적응하느냐에 따라 힘들게 살기도 하고 즐겁게 살기도 할 수 있다는 그분의 작은 지혜를 엿볼 수 있었다.

많은 사람들이 힘들게 사는 이유 중 하나는, 자기 자신이 이 넓은 세상에서 한 줌 정도라는 생각을 하지 못하고, 내가 무조건 기둥인 것처럼 여기는 생각을 내려놓지 못하기 때문에 더욱 힘든 인생을 살아간다고 할 것이다.

또한 우리는 너무도 조급하고 모든 것을 너무 쉽게 포기해 버리다 보니, 삶의 참맛은 뒤로 가고 남의 장단에만 맞춰 놀아날 수밖에 없는 처지로 전락해 버린 게 아닐까.

우린 조금씩 아집과 욕심을 버리고, 삶의 방향이 이제는 여유의 삶으로 이어 가도록 노력한다면, 분명 그 속에서 나의 의지와 삶의 방향이 바뀌면서, 좀 더 유연한 인생의 참맛을 느껴 나가게 되지 않을까, 하는 생각으로 조심스럽게 오늘 하루를 마무리해 본다.

28

매 순간 최선을 다하는 삶

요즘 많이 지쳐 있다는 느낌이다.

목은 잠겨 있고 눈은 시간만 나면 감긴다.

코로나 후유증이 길게 나타나고 있다.

말을 많이 해야 하는 나에게 하루하루가 힘든 일정이 아닐 수 없다.

친구들은 "네가 무슨 이십대냐?"라면서 꾸지람 같은 사랑스런 걱정을 해 주고 있다. 더더욱 매번 챙겨 주는 친구의 걱정스러운 소리가 이제는 따뜻한 한 잔의 꿀차처럼 마음속에 다가온다.

오늘도 지친 내 소리를 듣고선, 가까이에서 챙겨 주지 못함에 더 안타까워하는 이야기에 한켠 마음이 뿌듯해지기도 한다.

어둠이 오면 잔기침이 심해지고, 그것에 놀란 친구의 안타까움에서 멀리서도 사랑의 온기를 충분히 느낄 수 있다. 건강 걱정으로 나를 챙기는 친구의 말을 들을 때면, 나도 이제 점점 나이가 들어 간다는 생각이 들어 조금은 서글퍼진다.

한 해, 한 해가 물 흐르듯 어디론가 흘러가면서 조금씩 약해져 가는 내 모습을 보는 것 같아 어느 순간 더 안타까워진다. 분명한 것은 한 해가 가면서 걱정도 늘어 가고 뒤를 돌아보면서 후회도 많아진다는 것이다.

그러나 나를 걱정하는 친구의 미더운 모습이 어느 순간 내가 사는 삶의 희망으로 보이면서, 매 순간 최선을 다해 보자는 나만의 다짐을 조용히 해 본다. 그 다짐은 분명 슬럼프에서 헤어날 수 있는, 새로운 미래 창조를 위한 나의 구원자로 자리매김할 수 있다는 희망을 가져 본다.

29

느리게 느리게 걷기

감사가 넘쳐 부담스럽다.

많은 만남에서 주어지는 일들 또한 많이 처리하다 보니, 또 다른 일들까지 해 줬으면 하는 요구에 당황스러울 때가 요즘 자주 일어난다.

혹자는 좋은 뜻으로 '일복 터졌네'라고 이야기하지만, 부족한 나에게는 여러 가지 일들을 한꺼번에 한다는 것이 너무나 힘들고 체력 또한 버텨 내지 못할 한계를 느끼고 있다.

요즘 들어 많이 지쳐 있는 나를 보면, 삶을 느리게 느리게 걷지 않고 그저 남에게 뒤처지면 안 된다는 강박감에 앞으로만 빠르게 뛰다 보니, 이젠 지쳐서 달리는 것조차 멈추고 어딘가 털썩 주저앉아 버리는 것은 아닐까 걱정이다.

항상 앞서가야만 세상을 지배하면서 살 것 같았지만, 지친 내 모습을 보노라면 지배한다는 것은 말도 안 되고, 더불어 살지도 못하면서 되레 뒤처진다는 생각이 나를 짓누르면서 불안함까지 나를 괴롭게 하고 있다.

많은 일이 감사하다고만 생각했지만, 일 하나하나가 내 머릿속을 복잡하게 하면서 어느 순간 나 자신을 괴롭히는 인생으로 만들어 가고 있다.

'높은 산의 정상 정복도 한 걸음부터'라는 말이 생각나는 하루다. 정상을 밟지도 못할 것 같은 오늘 내 지친 모습은, 어쩌면 감사로 인한 난코스에 봉착한 상황의 고통은 아닌지….

조용한 시간이다.

다시금 나를 돌아보면서 내 마음에 다짐을 해 본다.

내일부터는 느리게 느리게 걸으리라.

느리게 걷는 연습부터 다시 하고, 감사를 헛되지 않도록 잘 조율하며 나의 가슴도 좀 더 활짝 열어, 그래도 이만큼의 감사한 일이 있음에 감사하고 그 귀함을 깨닫는 삶을 이어 가자고….

30

또 다른 나의 투영된 모습

열심히 일을 하다 보면 많은 다른 이야기를 들을 수밖에 없다는 당연함을 깨닫는 날이다.

모든 물체도 여러 다른 각도에서 보면 각기 달라 보이는 것처럼, 세상일도 어떤 위치에서 어떻게 보느냐에 따라, 많은 다른 이야기도 나올 수 있고 다른 말을 들을 수도 있다.

물체도 그렇지만 마음을 가진 사람들의 뒷이야기는 상상을 넘어선 표현들이 얼마나 많을까 하는 생각이다.

따라서 많은 일을 하는 사람은 많은 이야기를 들을 수 있는 것이 당연하고, 적은 일을 하는 사람은 상대적으로 적은 이야기를 듣게 되는 게 우리가 살아가는 일상의 한 단면이 아닌가.

일을 처리함에 있어 왜 내 말이 이렇게 많을까 하고 고민에 빠지기보다, 내가 지금 어떤 일을 하고 있고 얼마나 어떻게 하고 있는지를 차분히 돌아보고 점검해 본다면, 그 속에서 얽힌 고민거리들을 해결하는 방법이 보이고, 슬기롭고 지혜로운 문제해결의 길을 찾아갈 수 있을 것 같다는 생각이다.

오늘도 학교일로 지친 나에게 걸려온 전화 한 통화는, 많은 생각을 하게 만들었지만, 그와의 대화 속에서 내 생활도 뒤돌아보는 많은 깨달음이 있었다.

많은 사람과의 만남 중에서 그들에게는 내가 어떻게 투영되고 있는지 조용히 생각해 보며 나를 점검해 보는 시간을 가지게 되었다.

31

우리 하나가 되는 힘

누구에게 관심을 갖는다는 것은, 그들이 세상을 살아가는 데 힘이 되고 용기를 갖게 해 준다는 것을 새삼 느끼는 날이다.

북한자유주간을 맞이하여 펼쳐진 행사장에서, 탈북자들에 대한 구호 손길 등 애틋한 기다림의 소리를 듣다 보니, 누가 그들의 소리를 귀담아 들어야 하는지 그리고 누가 먼저 손을 내밀어야 하는지 정말 많은 것을 깨달았다.

바로 우리라는 것을 우린 잊고 살았고, 도움의 손길을 주는 것도 정부기관이나 몇몇 단체에서 하는 일로 치부해 버리고 말았던, 현실 속 많은 우리의 자세가 얼마나 잘못되었나 하는 것도 알게 되었다.

내 가족 내 민족도 챙기지 못하면서 나라를 살리고 세계 속의 대한민국을 만들어 보자는 웃지 못 할 수많은 정치인들 모습 또한, 우리의 미래를 보지 못하게 만드는 혹세무민(惑世誣民)화 경향만 보이고 있다.

순수함은 점점 잃어 가고 남을 어떻게 속일지 혈안이 된 위선자 닮은 인생들이 있어 정말 한심스럽기 그지없다.

지금 이 순간 내가 먼저 손길을 내밀고, 그들이 우리 한민족임을 깊이 느끼고 깨달을 때, 우리가 원하는 평화통일은 한 발짝 가까워지지만, 그저 남의 나라사람처럼 대하다 보면 우린 영원히 하나 된다는 희망이 사라질 것이다.

오늘 탈북민을 통한 그들의 외침을 새겨들으며, 동시대를 살아가는 우리들의 생각 또한 일부 수정 보완하여, 그들에게 좀 더 관심과 도움의 손길을 내밀어, 그들도 다 함께 발전하는 대한민국의 밑거름이 되는 데 일조를 할 수 있기를 소원해 본다.

32

진정한 감사는 같이 나누는 것

오늘도 감사하는 날이다.

언제부터인지 나에게 감사하는 마음은 일상이 되어 버렸고, 무조건 하루 하나라도 감사함을 만들자고 나와 약속한 지도 벌써 1년이 넘어 가고 있다.

『작은 삶의 둘레길』을 출간하면서 약속한, 삶의 목적처럼 살아온 감사의 생활이, 이제는 자연스럽게 느껴지고 있음에 또 감사하는 마음이다.

힘든 일을 잘 이겨 내고 나면 누구나 할 것 없이 마음속에선 감사가 생겨나지만, 행동으로 잘 표현되지 않음은 어쩌면 감사는 마음으로만 숨겨 온 습관 때문일 수도 있다.

오늘도 몇 달간 준비한 일이 감사하게 무사히 마무리 되면서, 같이 준비한 동료들에게 칭찬과 감사의 말로 하루를 마감하였으나, 내 마음 한켠에는 작은 허전함이 맴돈다.

왜 이런 맘이 들까 하고 생각해 보니, 내가 진정으로 사랑하는 사람과 같이 감사를 나누지 못하여 생긴, 허전함이 아닐까 하는 생각이 들었다.

따라서 감사도 행복처럼 내가 좋아하는 사람과 같이 나눌 때, 진정한 감사의 의미가 깊어지는 건 아닐까 나 스스로 느끼는 하루다.

텅 빈 것 같은 주위를 보면서, 내가 감사를 같이 나누고 싶은 그 사람을 언젠가는 내 자리 옆에 앉혀 놓을 날을 기다리며, 오늘의 허전한 이 마음도 감사로 채워 본다.

33

진정한 스승은 내 삶의 깨달음

학생들을 가르친다는 것은 나에게 좋은 선택이었던 것 같다.

그러나 점점 나이가 들어가면서 그 선택이 정말 잘한 것이었는지에 대해 스스로 또 다른 고민을 갖게 된다. 학생들에게 진정한 스승으로서 본이 되는 생활을 빈틈없이 하였는가 하는 생각엔, 그저 많은 부끄러움을 느끼게 된다.

학습의 목적은 간단하게는 지식과 지혜, 깨달음을 배우고, 좋음과 나쁨을 구별해 내는 능력 배양을 넘어, 이제 모든 것은 스스로의 선택으로 만들어지고 만들어 가야 한다는, 작은 진리를 이야기해 보지만, 진정 나 자신이 그 진리를 충분히 이해하고 아이들을 가르치고 있는지에 대해선, 자꾸만 나를 질책하고 가르침을 선택한 내 생활을 돌아보게 하여, 나만의 자신감과 자부심이 많이 떨어져 있다는 느낌이다.

그저 머리로 세상을 살아가는 얕은 방법만 전달하고 있지나 않은지? 새로운 깨달음은 전하지 못하고 주춤거리는 것 같은 내 생활이 요즘 부쩍 나의 선택에 회의를 나타내고 있다.

하루하루 강의를 끝마치면 의무를 다한 것처럼 생각하는 내 모습에서, 오늘은 더욱 나를 힘들게 하고 있다.

진정한 스승은 내 삶의 깨달음을 전달하는 것이라고 하는데, 나는 깨달음 없는 흉내만 내고 있는 것 같고, 그 가르침은 과연 얼마만큼 아이들에게 미래의 희망과 삶의 목적을 심어 줄 것인가?

내 가르침이 더욱 두렵기도 하다. 목표를 갖게 하기 위해 아이들을 가르치겠다는 작은 슬로건도, 한순간 목표를 잃게나 하지 않을까 하는 생각에서 좌불안석처럼 된 내 생각이 혼란스럽다.

잠자리에 누워 천정을 보노라니 하얀 벽지에 자꾸 희미한 무언가가 날아다니는 것처럼 보여 이 현상이 어쩌면 내 삶의 본모습처럼 느껴진다.

나약해지는 나를 바로잡을 수 있는, 진실한 내 삶의 깨달음을 제대로 전달해 줄 수 있는, 지혜의 '희망호'를 찾기 위해 오늘 나는 간절한 기도를 드려 본다.

34

인생을 함께 노력하며 살기

지금부터 모든 게 새로운 시작이다.

나를 새롭게 만들기 위해 노력한다는 것은 도전이고 희망이다. 항상 무겁게 다가오던 일상들이 이제는 한결 가벼워졌다. 이제 일이 시작된 것처럼 느껴지는 것은, 내가 다시 삶을 긍정적인 방향으로 바라보기 때문인 것 같다.

오늘도 많은 일들을 소화하면서, 상대를 바라보는 내 눈빛과 마음이 차분해짐을 보았고, 어딘가 감사하는 마음도 가져 보았다. 일이 잘 풀리고 안 풀리고가 아닌, 성실히 노력하면서 하나씩 실타래 풀듯이 풀어 보겠다는 생각과 내 표현은, 세상을 바라보는 나를 더욱 감사함으로 만들어 가고 있다.

'어떻게 하면 내가 위에 설 것인가'가 아닌, '어떻게 하면 도와줄 수 있을까'라는 마음가짐이, 키 작은 나를 한 단계씩 성장시키고 있음을 깨닫는다.

'희망은 위로 삶의 기준은 아래로'라는 누군가의 이야기가 다시 떠오른다.

나의 기준은 과연 어디쯤인가? 생각해 본다.

그리고 내 희망도 다시금 점검해 본다. 혹시 망망대해위의 조각배는 아닌지 갑자기 불안한 생각이 들면서, 한순간 동요가 될 때도 있었지만, 그래도 함께할 새댁이 있어 그 불안은 반감되면서 점점 용기를 되찾게 하고 있다.

삶은 혼자가 아닐 때 두려움이 사라진다고들 한다. 누군가 같이할 사람이 내 곁에 있어만 줘도 힘이 나는데, 하물며 그와 인생을 함께하면서 노력해 나간다면, 지금부터라도 이것은 새로운 도전이고 희망이 아니겠는가.

오늘 손을 맞잡고 싶다. 그리고 그 맞잡은 손과 함께 다짐하고 싶은 날이기도 하다. 오랫동안 행복하자고 그리고 사랑한다고….
그 마음이 계속된다면 분명 우리는 모든 것이 새롭고 희망적이 될 것이다. 마주 잡은 두 손과 함께 영원히….

35

오늘도 열심히 내일도 열심히

어김없이 찾아오는 똑같은 일과들, 일어나면 다시금 눈을 감고 쉬고 싶다는 생각뿐이다. 습관처럼 되어 버린 울림의 소리에 눈을 부비며 일어난다. 일상사가 그저 어제처럼 일어나고 내일도 오늘처럼 일어날 것 같다.

누군가 했던 "미래도 금방 과거"라는 이야기가 생각난다. 시작이 언제인지도 모를 과거에서 이어진 삶이 습관이 되어, 나의 미래도 타성적으로 이끌려 갈 것 같다.

분명 미래는 과거와 다를 것이라는 기대가 어느 순간 완전히 무너져 버린 기분이다. 지났거나 지나가는 시간만 기억나는 습관이 오늘도 나를 지배하고 있다. 매너리즘(Mannerism)에 젖어 있음이 틀림없어 보인다.

조용히 일어나 창밖의 하늘을 본다. 저 하늘도 어제 하늘처럼 보인다. 그저 흐리고 맑고 하는 차이일 뿐 어제와 같은 하늘이다.

이렇듯 모든 삶은 어제가 오늘이었고 오늘이 어제의 내일이었다는 작은 진리 속에, 새롭다는 것은 보이는 것이 아닌 마음속에 있는 것이 아닌가 하는 생각이다.

분명 오늘을 열심히 살면 내일도 열심히 살게 된다는 현실 자각 속에서, 그래도 새로운 미래를 꼭 만들기 위해선 오늘을 열심히 살아가야 된다는 당위성을 이 아침 느리지만 분명히 깨닫고 있다는 것이다.

36

멋진 삶을 위한 나의 정리

오늘은 허전함이 몰려오면서 마음 한구석은 채움을 기다리고 있는 듯하다.

채움을 위해 욕심도 부려 보고 싶지만, 그 욕심이 과연 얼마만큼의 채움을 줄 것인지 회의적이다.

그저 이 순간 허전함을 달래기 위한 일시적인 것일지, 아니면 또 다른 삶의 모습을 찾기 위한 발전적인 욕심일지 분간이 되지 않음은 뚜렷한 채움의 목표가 나에게 없음을 보여 주는 것 같다.

허전함은 어느 한구석을 채우는 것이 아닌, 무언가를 즐김으로써 허전함이 서서히 사라지고, 마음에 새로운 감정이 만들어지면서 나를 지탱하는 힘이 생겨나는 것 같다.

성취감 뒤에 찾아오는 마음의 작은 구멍들, 오늘도 열심히 메꾸려 노력하지만 지나고 보면 다시금 뚫려 가는 구멍들을 느끼면서, 또 다른 삶의 방향을 찾기에 노력한다.

어쩌면 즐거움이 무엇일까 고민해 보는 시간일 수도 있다. 하나둘 페이지를 넘기듯 열심히 즐거움 찾기에 노력해 보는 시간들을 통해 허전함이 아닌 멋진 삶을 위해 나의 마음을 정리해 본다.

Utopia (73×92cm, 장지, 아크릴채색, 2017)

37

적극적 선택의 결정들

우리의 삶은 나누는 것일까? 아님 선택하는 것일까?

사람은 태어나면서 선택이라는 것으로 시작되어 죽음에 이르기까지 그 선택과 나눔을 반복하면서 살아간다고 한다. 따라서 선택과 나눔은 필연적 관계라는 공식이 성립되는 것을 우리는 부정할 수 없을 것이다.

하루를 산다는 하루살이도 성충이 되어 하루를 살기까지, 수없이 많은 유충상태의 시간을 보낸다고 하고, 매미도 2주간을 사는 소리의 향연을 위해, 땅속에서 7년여의 생을 산다고 하니, 이런 곤충의 생도 짧은 성충 때만이 아닌 유충으로 보내는 많은 시간도 적자생존을 위한 자연선택을 수없이 반복적으로 한 결과였다고 할 것이다.

우리가 살아감에 있어서도, 아마도 태어나기 전 선택과 태어난 후 선택 그리고 사후의 선택 등 복잡한 선택의 삶이 우리를 지배하겠지만, 그 속에서 잘된 선택과 잘못된 선택은 구분될 수 있을 것이다. 최선이든 차선이든 그 선택은 실패의 위험과 책임이 따르고, 현재부터 미래까지 무한책임이 있는 것이다.

다만 현재까지의 그 선택이 성공인지 실패인지는, 객관적, 주관적 판단에 따라 달라질 수 있으며, 먼 미래의 판단은 어쩌면 새로운 삶을 사는 그때 우리들의 몫이 아니겠는가.

따라서 우리가 현재 살아가면서 선택을 한다는 것을 당연한 삶의 한 과정으로 인정하며, 적극적 선택을 결정하는 것도 종국에는 나눔이 함께할 때 좋은 선택, 성공적 선택이 될 것이라는 생각이다.

오늘도 수없는 선택이 내 앞에 있다. 그래도 그 선택들이 내가 사랑하는 친구와 더불어 함께하고, 나눔과 선택이 하나 되는 조화 속에서, 스치는 인연이 아닌 오래 남는 인연으로 만들어 가게 될 것이다.

* 자연선택: 찰스 다윈의 진화론으로, 환경에 적응하는 세대가 자연적으로 선택되어 살아남는다는 즉, 적자생존을 말함.

38

또 하나의 만족 만들기

만족하는 삶은 마음에 흡족함을 느끼는 삶이라고 한다. 그러나 만족도 순간적 나의 판단이고 느낌일 뿐, 그 느낌이 지나가면 다시금 우리는 무언가 부족함에 허덕이면서, 다른 만족을 위한 새로운 도전을 시작한다.

오늘도 하루 생활을 하면서, 나는 몇 번의 만족을 경험하면서 보냈을까 하고 생각해 보지만, 안타깝게도 한 번도 만족을 느껴 보지 못하고 하루를 보낸 것 같다.

다시 돌아보며 언제 내가 만족을 했는가를 생각해 보니, 그 기억이 전혀 생각나지 않음에 아쉽고, 힘든 생활의 연속이었다는 후회만이 마음을 무겁게 하고 있다.

그럼에도 가끔씩 느껴 왔던 감사가, 나에게 만족이었을 거라는 막연한 생각이 언뜻 머리를 스치며, '아! 나에게도 만족한 순간은 있었구나' 생각하며 나를 위로해 본다.

감사는 마음이 흡족할 때 생기는 느낌이고 표현이다. 따라서 감사함이 넘치는 것, 또한 만족함이 넘치는 것은 아닐까, 하는 스스로의 위로 속에서 새로운 만족을 하나둘 생성해 내고 있는 친구의 지혜로운 방향 제시에, 또 하나의 만족을 만들어 가고 있다.

어둠이 오면 감춰질 것 같은 감사도, 이제 친구를 통해서 하나둘씩 살아나면서 만족이라는 결실을 만들어 감에, 오늘 나는 귀한 친구를 주심에 신께 다시금 감사를 올려 본다.

39

행복으로 이어 가려는 마음

행복과 불행은 같이 찾아온다는 이야기를 많이 한다. 행복이 찾아오면 다음은 불행이 오고, 불행 뒤에는 행복이 찾아온다는 이 항간의 이야기를 들을 때면, 어느 순간 나는 이 두 단어에 최면이 걸린 듯 행복이 와도 불안해진다.

내가 진정한 행복을 찾기도 전에 불행이 다가올 것 같은 생각이 들 때면, 흔들리는 내 마음은 불행 쪽으로 기울어, 힘든 시간들을 점점 길어지게 만드는 느낌이다.

내가 살아온 짧은 삶도 뒤돌아보면 불행한 삶이 행복한 삶보다 훨씬 많았던 것 같다. '왜 그랬을까?'라는 질문을 나에게 던져 보지만 생각나는 답은 없고, 그저 삶이라는 것은 행복보다 불행의 비중이 엄청나게 커서, 저울의 기울기가 불행 쪽의 표시를 확실

하게 표하고 있음만을 알 뿐이다.

흘러가는 인생, 짧고 굵게 살았으면 하는 바람도, 어느 순간 세상과 타협해 버리고, 그 타협 속에서 실망과 좌절이 쌓여 가면서 더욱 나의 마음을 힘들게 하고 있다.

좋은 시절도 벌써 다 가 버린 것 같아 이제는 앞을 보는 것도 어색하게 느껴지며, 한창 집중해야 할 시기임에도 행복은 산을 넘어간 것 같음에 열심히 일하고 있는 내 마음이 오늘 착잡해질 뿐이다.

잃은 것과 얻은 것을 찾아 정리해 보려 하지만, 삶의 질도 중요하다는 점에서, 일의 능력의 질도 이제는 그레이드(Grade)를 한 단계 높일 때가 된 것 같은 기분이다.

아침마다 일어나 웃으면서 하루를 시작하고픈 마음은 굴뚝 같으나, 현실을 대하는 습관화된 방식이 번번이 나를 흔들기 시작하면서, 형편없는 사람처럼 일그러진 모습으로 나를 만들어 버리고 만다.

하지만 행복이 오면 불행 걱정에 이 행복마저 누리지 못하는 어리석은 마음을 버리고, 행복할 땐 충분히 행복을 누리고, 불행할 땐 결연히 고초를 견디며 행복을 기다리는 자세를 견지해야겠다.

불행과 행복이 반복됨을 믿는 나에게, 내 모습을 불행이 아닌 행복으로 이어 가려는 마음의 다짐을 통해서, 오늘 이 순간부터라도 순간의 최선에 집중하는 완전히 달라진 나의 일상을 만들어 가고 싶다.

40

포기도 미덕

모처럼 친구와 잡은 나들이다. 누구나 그러하듯 나도 오늘은 어릴 적 소풍 가는 느낌이다. 이때까지는….

그런데 많은 사람이 모여 있는 곳에, 나도 한자리를 차지해 보려 기웃거려 보았지만, 생뚱맞게 차려입은 내 옷차림에 다들 나만 쳐다보는 것 같아 자리 하나 만들지 못하고 있다.

나의 나들이 복장이 거의 정장이다 보니, 정말 어색함은 나를 불안하게 하고 있으며 친구 또한 주위의 시선을 의식한 듯 좌불안석 그 자체였다.

평소 직접 옷을 선택하던 버릇이 있어, 장소와 만남의 성격에 따라 척척 옷을 잘도 맞추었던 나였는지라, 오늘의 이 어색함은 더욱 내 입장을 불안하고 당황스럽게 만들고 있었다.

왜 이렇게 되었는지는 생각이 나지도 않고, 어쨌든 마스크와 선글라스로 얼굴을 가려 가면서 분위기에 동화되려 주위를 돌아보지만, 격에 맞지도 않고 이미 동질성을 잃고 남을 의식한 후인지라, 모든 게 부자연스러워 소풍의 기대는 다음으로 약속하고 그 자리를 급히 뜰 수밖에 없었다.

경우에 따라 후회와 포기는 빠를수록 좋다는 것은 이럴 때를 두고 이르는 말인가 보다.

참으로 남을 의식하며 사는 삶, 내가 누군지도 모를 수많은 사람들의 틈 속에서, 기쁨을 같이하지 못하고 피해 버려야 했던 궁색했던 내 모습을 보면서, 앞으로 많은 시행착오의 삶은, 어떻게 이겨 나가야 할 것인지 걱정되는 참으로 한심스러운 하루의 모습을 반추해 본다.

41

나이 든 만큼 양보해 주는 미덕

나이는 숫자에 불과하다는 이야기를 한동안 많이 들었던 것 같다. 인간의 몸과 마음이 예전보다 훨씬 젊어진 것도 영향을 주었을 수도 있고, 더 나아가 자신을 누군가에게 젊게 보이기 위한 표현의 말일 수도 있을 것이다.

그러나 고집과 행동은 말처럼 숫자로만 표시하기에는 한계가 있어, 기준 설정이 모호할 때가 많음을 실감하게 된다.

어쩌면 나이 든 만큼 고집스럽고 나이 든 만큼의 많은 경험을 통해 굳어진 심신의 소유자에겐, 어느 면에서는 설득이 쉽지 않음을 확연히 볼 수 있는데 켜켜이 쌓인 세월의 그 완고함을 쉽게 거스를 수 없는 사실이라는 것도 깨닫는 날이다.

그저 나이 든 분의 생각에 맞도록 행동하고 결론에 이르게 한다면, 그분의 잊힌 세월을 보상받을 절호의 기회를 찾아낼 수 있다고 할 수 있겠지만, 우리는 의외의 경우도 있음을 알아야 한다.

오늘도 귀한 만남을 통해 작은 지혜를 얻게 된 것도 우리가 감사할 일인 듯하다.

많은 만남 중에도 나이 든 만큼 양보해 주는 미덕을 가진 이런 분을 찾아가 존경을 표하는 것도, 우리 또한 그분같이 우리 나이에 걸맞는 양보의 미덕을 실천하는 것도 이 험한 세상을 살아가는 또 다른 지혜가 아닌가 생각해 본다.

42

새로운 출발은 좋은 것

하루가 다르게 물들어 가는 가로수를 보면서, '가을이 왔구나' 보다 겨울이 올 것 같은 생각에 추위를 싫어하는 나는 걱정이 먼저 앞선다.

어쩌면 내 삶이 현실을 즐기지 못하고, 또 여유를 갖지 못한 채 내일을 먼저 걱정하고 있다는 느낌은, 참으로 못난 생을 살고 있음을 단편적으로 보여 주는 날이기도 하다.

바쁘다는 생활을 이야기하는 가운데 잠시 여유가 생기면 현실의 여유보다, 내일의 일이 먼저 다가오는 것 같은 압박감에, 즐거움이 앞서지 않고 불안함이 앞서는 것은 바쁨을 핑계 대기 위함인가?

어둠이 다가오면 오늘의 쉼보다 내일 일정의 고민이 먼저 앞서는 탓에, 내 생각들이 더더욱 현실의 감사를 감사답지 못하게 만들고 있다.

오늘도 어김없이 행사장에서 바쁘게 일들을 처리하면서, 만나는 사람마다 즐기면서 하자고 떠들어 대면서, 정작 나는 내일 일정 고민에 또 다른 나를 밀어 넣고 고민하고 있는 것이다.

내 삶의 하루를 줄넘기하듯 뛰어넘기를 하다 보니, 앞서가는 인생은커녕 하루의 좋은 흔적을 남기지도 못하고 뒤돌아볼 줄도 모르는, 절름발이 삶을 살아온 것 같다는 생각이 든다.

그렇지만 오늘 어느 결혼식에서, 가을의 풍성함과 아름다움 속에서 새로운 출발을 다짐하는 신랑, 신부를 보면서, 나의 하루도 만족한 날이 되도록 여유와 새로운 출발의 마음을 갖는 내가 되자고 다짐 또 다짐해 본다.

새로운 시작과 출발은 좋은 것이지만, 인생을 하루하루 열심히 살아가면서 여유 있는 삶의 참맛을 느끼는 여유와, 새로운 가치 창조의 적절한 섞임이 필요할 것 같다.

43

성숙한 삶

누군가 성숙하다는 것은 불안전한 것을 자기 스스로 성찰하면서 발전시켜 나가는 것이라고들 한다.

우리는 삶 속에서 많은 실수를 하면서 살아가지만 그 실수를 일부러 반복하려 하는 사람은 없을 것이다. 그렇지만 또 다른 실수가 계속 이어지는 것은, 사람마다 얼굴과 성격이 다르듯 삶이라는 것이 규격화될 수 없고 다변화되어 있으며, 삶 속에 수없이 많은 변화가 시시각각 일어나기 마련인 가변성 때문이라는 생각이 든다.

오늘도 전화를 하면서 상대가 부담스러워하는 이야기를 하다 보니, 계획된 일정이 여지없이 깨져 버리는 일이 벌어지고 말았다.

상대를 먼저 생각하고 상대의 입장에서 대화를 시작하라는 이야기를 수없이 나 자신을 통해 다짐해 보았지만, 그 다짐도 순간 이성을 잃어버리듯 '나' 위주로 모든 게 바뀌어 있음을 느끼면서 여지없이 성숙함은 사라져 버리고 미숙함만 남게 된 것이다.

아직도 앞뒤를 제대로 구분 못 하는 내 인생을 탓하기 전에 나를 돌아보는 시간이 짧았다는 생각이 든다.

수많은 일들을 처리하면서 경험을 통한 성숙함으로 대응해 보려 했지만, 실수가 나도 모르게 일어나고 있음을 다시금 느끼면서, 나 자신을 먼저 성찰하는 것이 중요하다는 것을 더욱 크게 느끼는 날이었다.

44

내 여유로운 가을 생각

조금씩 추워지는 날이 많아지면서, 가을이 이제 지나가는 것은 아닌지 하나둘 아쉬움이 묻어나는 날이다.

환절기라는 계절을 한 번이라도 그냥 넘기지 못한 체질이기에 금년은 그냥 넘기나 했는데, 웬걸 오늘 강의 중 갑작스런 복통이 생겨 급히 병원으로 달려갔다.

집 주차장에 차를 세우고 급하게 택시를 잡아 병원으로 향하는데, 누군가 같이 다니던 병원을 오늘은 나 혼자 방문하다 보니 왜 이리 낯설고 어색한지 모르겠다.

도착한 병원도 왜 이리 환자들이 많은지, 접수를 마치고부터 순서를 기다리는 게 너무 힘들어, 한쪽 구석 소파에 기대어 앉아

모니터를 보면서 초조하게 기다리는데, 그 시간은 정말 너무 지루하고 낯선 외로움이었다.

순번이 되어 의사 앞에 앉은 내 모습은 또 얼마나 나약한지, 다시금 조물주 앞에서 처분만 기다리는 어린양이 된 기분이었다.

다행히 여러 검사를 마치고 큰 문제 없다는 그 한마디에 무거웠던 마음의 짐을 벗어 버렸고, 언제 복통이 있었나 할 정도로 가뿐한 발걸음으로 병원 문을 나서는 나 자신이, 아픔에 얼마나 취약한지 웃음이 날 정도였다.

조금의 여유를 가지며 길거리에 나와 가로수를 본다. 가을이 절정을 향해 가고 있다. 오랜만에 느끼는 아픔 뒤 내 안도의 여유는 많은 가을 생각 중 작은 축복의 시간이기도 했다.

친구에게 전화를 걸어 본다. 화들짝 놀라는 목소리에서 다시금 따스한 사랑을 느끼는 날이다.

아픔 뒤 행복을 갖는 날, 그래 이 가을도 더 진하게 느끼며 오늘 사랑도 더 키워 보자….

45

삶의 정체성

아이들 혼사를 치르는 것이 요즘은 많이 힘들다는 이야기를 자주 듣는다.

예식장 준비부터 아이들이 원하는 결혼방식까지, 부모가 점점 자기 목소리 내기가 힘들다는 것이다. 예식 축하객의 80%는 부모의 하객들로 이루어지고 있는데도, 자식 세대의 자유롭고 개성 있는 예식 진행 요구에, 미묘한 갈등 속에서 혼사를 치르는 부모들이 많다는 것이다.

그래도 결혼만이라도 해 주는 것이 고마워 말 못 하고, 아이들 혼사에 조금이라도 거슬리면 꼰대라는 생각을 버리라는 잔소리에 또 말 못 하고, 어색한 짐을 지고 있는 것 같다는 것이다.

이런 갈등 속에서 치러지는 결혼이 과연 얼마나 축복된 삶을 만들어 갈지, 자꾸만 혼란스럽다는 이야기를 많이들 하고 있다.

미리 대화를 통해서 협의해 보려고 하면, 옛날이야기는 그만하길 원해서 뒷짐만 져야 한다는 혼주들의 이야기를 오늘도 듣다 보니, 우리 젊은이들의 생각도 조금은 바뀌었으면 하는 생각이 앞선다.

작은 배려가 큰 문제를 해결하듯, 혼사도 즐기면서 젊은이답게 트렌드에 맞춰 하는 것도 중요하지만, 고루하지 않은 범위 내에서 경건한 절차를 통한 굳은 약속도, 먼 미래를 바라보는 신랑, 신부에게 권하고 싶은 한마디다.

세대를 구분하지 않는 삶의 정체성을 인식하고 어제, 오늘, 내일에 대한 삶의 가치평가도, 한 발자국 한 발자국 동반 전진해 나가길 조용히 소망해 본다.

46

행복 찾아가기

요즘 부쩍 병원을 찾는 날이 많아진다. 주위에서는 나이가 들어간다는 것이라고 이야기를 한다. 이럴 때면 "내 나이가 어때서"라고 답하고 싶어 잠시 주춤거리다 보면, 육십이 넘으면 당연하다는 한마디를 더 듣고서야 내 생각도 놓아 버린다.

지금도 충분히 쉼 없이 달릴 수 있을 것 같고 밤새 일할 수 있다는 생각으로 살아간다고 말하고 싶지만, 금방 지쳐 버리는 모습을 보고 느끼노라면, 이제는 조심할 때가 되긴 되었다는 생각에 아쉬움이 차오르는 날이다.

가끔씩 들려오는 친구들의 입원 소식 또한 나를 움츠리게 하고, 더 나아가 형제들의 입원 소식에 다음은 내 차례인 것처럼 불안해지는 것이다.

전에는 길을 걷다가 낙엽 떨어진 것만 봐도 시 한 구절이 떠올랐지만, 이제는 세월이 또 가는구나 하면서 시절 탓을 하는 모습에서, 삶의 무상함을 새삼 느끼는 날이기도 하다.

눈마저 침침해지면서 세상을 밝게 보지 못하고 희미하게 바라보는 현실 속에서, 또 다른 내 모습을 하나씩 마음에 새겨 간다는 것이 유난히 나를 움츠리게 하고 있다.

넓은 세상에서 살아가면서 작은 울타리도 벗어나지 못하고 살아가는 것 같은 하루가, 오늘은 한 살 한 살이 기쁨이 아닌 두려움으로 다가와, 뒤를 돌아봄보다 앞으로 바라볼 수 있는 시간이 짧을 것이라는 분명함에, 하늘을 향해 짧은 외침을 던져 보고 싶다.

“난 지금 행복을 찾아가고 있는가?”라는 외침이다.

47

잘 살아 보려는 목적과 목표

엊그제 시작된 것 같은 새로운 학기도 벌써 중간고사 기간이 되었다. 아직도 온라인 수업을 하는 과목이 있어, 시험 때 한 번씩 보는 학생들을 보면서 세상도 많이 변하고 있음을 실감한다.

매주 출석을 부르며 대답하는 학생들을 볼 때면, 학생들의 생동감 있는 삶의 의지를 직접 느낄 수 있어 좋았지만, 온라인 속에서의 수업 느낌은 전혀 생동감을 느낄 수 없어 가르침에 아쉬움이 많다고나 할까.

그러나 이제는 가르침과 배움의 생동감보다, 그저 편안함이 더 좋게 느껴진다는 아이들의 이야기를 듣다 보니, 세상이 변해도 너무 많이 변한 것을 깨닫게 되고, 이런 생활양식이 자칫 편안함에 매몰되어, 미래의 목적과 목표마저 안일하게 생각하게 되지나 않을까 아쉬운 마음이 앞선다.

그러나 세상의 변화는 어쩔 수 없다 하더라도, 그런 여건 속에서도 목적하고 목표하는 것은 언제든 얼마든지 달성할 수는 있을 것이라는, 자신에 찬 학생들의 얼굴에서 안도의 확신을 갖게 되면서, 순간 많은 기대가 머릿속을 밝게 하고 있다.

그저 편히 산다는 것이 목적과 목표가 아닌, 멋지게 잘 살아 보는 것이 목적과 목표로 온전히 정착되기를 오늘 많은 기대를 해본다.

48

마음의 변화가 주는 힘

가을을 느끼기 위해 지인을 모시고 떠난 여행이다. 한껏 부푼 마음을 달래며 어린 시절 소풍 가는 가벼운 마음만 가지고 새벽녘 출발하였다.

바다도 보고 단풍을 볼 수 있고 먹거리를 즐길 수 있는 곳은 역시 동해라는 생각에, 거리낌 없이 떠났지만 들뜬 기분은 오래가지 못하고 차 안 분위기가 갑자기 가라앉기 시작하더니, 급기야 휴게소 찾기에 정신이 없어졌다.

차멀미로 인해 여행의 부푼 기대가 멀미의 위기 대처로 바뀌어 만약의 사태에 대비하느라 정신이 없을 정도다.

미처 예상하지 못한 탓에 당황하며, 허겁지겁 겨우 휴게소에

도착해서 안정을 취해 보려 했지만, 이 또한 휴게소의 많은 인파로 인해 주차마저 여의치 않았다. 겨우겨우 모퉁이 한쪽에 차를 세웠다.

칠십이 훌쩍 넘기신 연세에도 달리듯이 화장실을 향하는 모습을 보면서, 작은 웃음과 함께 이제는 다시 즐겁게 여행을 시작할 수 있겠다는 기대에, 다시금 뒷자리를 정리하고 한참을 기다려 멀미약까지 드신 후 출발하는데, 멀리 가지 못하고 다시금 시작된 멀미로 인해 긴장을 늦출 수 없게 되었다. 나 또한 장거리 운전에 허리가 아파 오면서 오늘 여행은 엉망이 되고 말 것 같았다.

그러나 목적지에 막상 도착하고 나니, 언제 멀미가 있었냐고 할 정도로 쌩쌩하게 온 시장을 활보하시는 어르신을 보며, 긍정으로 바뀌는 마음의 변화가 얼마나 큰지 다시금 깨닫게 되었다.

"시작은 미약하나 끝은 창대하리라"는 성경 말씀처럼, 두 손 꼭 잡은 편안한 어르신의 모습에서, 나 또한 잘 견뎌 준 하루가 정말 감사로 이어짐을 고맙게 느끼는 하루였다.

49

삶의 방법을 찾아가는 모습들

뒤를 돌아본다는 것은 미련이 남아 있다는 것이 아닐까. 지난 시간들이 자꾸만 머릿속에 떠오르며, 왜 그때 그런 선택을 했을까 하는 후회가 다시금 되새겨지는 날이다.

살아가면서 바꾸면 될 것 같았던 여러 일들도, 누군가에게서 비슷했던 경험 결과를 듣게 되면, 나도 그 결과가 된 것처럼 그의 얘기에 혹하게 된다.

그 자신이 수많은 삶의 경험자처럼 거창하게 떠들어 대는 이야기를 듣다 보면, 내가 최선을 다했던 삶은 무의미해져 버리고, 목적과 목표에 혼란이 생기고 있음을 느끼게 된다.

그저 남의 이야기라고 생각되면, 자신이 아니라는 것이 앞서서

무책임하게 쉽게 판단하고, 그게 최선의 방법인 것처럼 떠들어 대면서, 자신을 과장하고 합리화한다. 그런 말들을 듣다 보면, 또 다른 특별한 방법이 존재하는 양 믿게끔 되고, 그 착각 속에서 내가 초라하게 보일 때도 있어 혼란스럽기까지 하다.

살면서 뒤를 돌아보지 않겠다고 수없이 다짐해 봤지만, 과거와 이어진 현실은 자꾸만 나를 뒤돌아보게 만들고 있다.

오늘도 뒤돌아보면서, 지난날의 많은 마음속 고통을 비우고, 즐거웠던 기억들로 채우기 위해 노력해 보지만, 이미 엎질러진 물처럼 담기지 않는다.

아픔은 성숙함을 만든다고들 하지만, 그 아픔이 지독하게 나타나면 성숙함보다는 진저리 쳐지는 고통으로 남는다.

다시 조용함 속에서 나만의 삶의 방식과 방법을 찾는 모습을 정립하여, 혼란스러운 오늘 하루를 극복해 나가야겠다. 그리고 뒤돌아보며 조용히 미소 짓고 싶은 날이다.

50

서로의 같음을 찾는 서로의 다름

만남이 시작되는 대인관계에서 많은 사람들은, 빠르고 만족스런 결론만을 원하는 모습을 보일 때가 많다.

나 또한 누구를 만날 때는 짧은 시간 내에 좋은 결과를 내기 위해, 안달이 날 정도로 떠들어 댈 때가 가끔 있음을 안다.

누군가 사람의 첫인상은 4초 안에 80% 결정된다고 하는데, 그 시간이 지났음에도 왜 이리 호들갑을 떨고 있는지 아쉬울 때가 많다. 아마도 그 4초는 소리가 아닌 느낌이 아닌가 하는 생각이다.

4초를 놓쳤다고 인생이 끝나는 것도 아닌데, 왜 이리도 서둘러서 나를 보여 주고, 공통점과 동질성을 찾고, 나는 너와 같은 생각인 것처럼 합리화해 가면서 떠드는 우리의 모습이 아쉽기만 하다.

수십 년을 각자 살아온 생에서 얼마나 만났다고, 우린 하나라고 외치는 소리는 정말 한심스러울 때도 많다.

꼬인 실타래를 풀어 간다는 것은, 힘을 쓰는 것도 아니고 꾀를 부리는 것도 아닌, 합리적 의심 속에서도 인내와 침착성, 성실성, 진실성 그리고 신뢰성을 바탕으로 해결하는 것 아닌가.

각자의 삶을 살아오면서 꼬일 대로 꼬인 각자의 인생을, 하루아침에 두 사람이 만나 하나라고 외치는 것은, 어쩌면 어불성설은 아닐까 하는 생각이다.

그럼에도 많은 사람은 대면 시, 그 짧음 속에서 서로의 같음을 찾기 위해 노력하고, 공통분모 하나라도 찾게 되면 그것이 서로의 인생에 짝짓기 인연처럼 떠들곤 한다. 또한 다름을 찾게 되면 빠른 헤어짐을 연출하지나 않을까 걱정을 하기도 한다.

그래서 만남은, 다름을 찾아 그 다름을 어떻게 공통된 하나로 만드느냐가 더 오랜 만남을 이어 가는 것이 아닌가 하고 주절거림도 해 보고 싶다.

꼬인 실타래를 하나씩 같이 풀어 가듯, 각자 살아온 삶을 하나씩 열어 가는 만남, 많이 굴절되어 보이는 현실의 많은 만남에서, 다름 속의 같음도 찾아보는 노력이 필요한 때인 것으로 보인다.

긴 만남을 위해….

51

삶의 길은 돌아보면 비탈진 것

가을 단풍을 느끼고자 지인과 함께 산행을 계획하고 집을 나섰다.

용문산 은행잎을 보려 했지만, 양평 화야산 자락에 위치한 또 다른 지인의 조각 작업장 겸 별장으로 행선지를 바꾸어 이동했다.

주위 산자락은 어느덧 늦가을처럼 낙엽이 떨어져 수북이 쌓여 있었다.

하나둘 떨어져 쌓여 있는 낙엽을 보다 보니, 한 꺼풀 벗은 초라한 나목(裸木) 사이로 보이는 텅 빈 하늘이, 허전한 삶의 공간을 보는 것 같아 세월의 무상함을 유난히도 짙게 느끼는 날이다.

사시사철 모습을 달리하면서, 오가는 사람들의 모습을 지켜봤을 것 같은 커다란 나무들을 보면서, 내 모습은 저 나무들에게 어떻게 비춰질까 하는 생각에, 부족한 나를 다시금 정리, 정돈해 보고 싶고, 삶의 평형추를 다시금 놓아 보면서 균형을 잡아 보고 싶어진다.

잠시 쉴 만한 장소에 앉아 걸어왔던 길을 바라보니, 또다시 내가 살아왔던 삶의 길도 저렇게 비탈지고 자갈도 많았음을 돌아보게 한다.

그러나 크게 넘어지지 않고 지금껏 잘 올라왔다는 감사한 생각에, 나 스스로 대견함을 느껴 본다.

분명 앞으로도, 저 길처럼 평탄하지 않을 수도 있는 삶의 길을 걸어야 하겠지만, 힘들면 다시금 털썩 주저앉아 지금 같은 쉼을 가지리라.

쉼 뒤에는 다시금 걷는 길이 평탄한 길이기를 기대하며, 오늘도 저항 없이 나머지 길에 힘찬 발걸음을 디뎌 본다.

52

오래된 것이 구수하고 맛깔나는 것

떨어진 신발(골프화)을 수선하고 나니 참 행복했다.

"그냥 버리시죠?" 하면서 가게에서 새것 사서 신으시는 게 좋을 것 같다는 캐디의 말에, 그냥 동여매기만 하면 끝날 때까지 괜찮을 것 같다고 하면서, 묶을 끈을 요청했다.

뒤 밑창 쪽에 접착제가 떨어져 걸을 때면 턱턱거리는 소리에 신경이 쓰였지만, 그래도 완전히 떨어지진 않아 끈으로 묶고 잘 마무리했다.

끝난 뒤 신발을 벗어 보니 수선하면 한동안 끄떡없이 신을 것 같았다. 특히 이 신발은 지인에게서 선물 받은 것이라 쉽게 버린다는 게 미안하고, 특히 내가 좋아하는 것이라 애착이 가기도 해서 더더욱 고쳐 신으리라 생각했다. 백에 잘 넣어 보관하다 오늘 수선집에서 잘 수선하고 나니, 정말 튼튼한 신발이 되었다. 정말 공짜로 얻은 것처럼 마음이 기쁘고 좋았던 날이다.

신발이 나에게 주는 묘한 감정이 오늘 오래된 만남을 생각나게 한다.

사람을 오래 만난다는 것은 서로를 피곤하게 하고 힘들게 할 것 같지만, 오랜 만남은 또 다른 애착을 만들어 내면서, 감사로 넘치는 마음을 갖게 하는 마력이 있기도 하다.

항상 새로운 것만이 좋은 것은 아니며, 오랜 것이 구수하고 맛깔난다는 음식 문화의 이야기를 되새겨 보면서, 긴긴 만남이 이제 지침이 아닌 새로운 감사로 이어질 것임을 깊이 체험하는 날이다.

53

유치한 질문도 행복한 것

항상 사랑의 마음을 확인하고픈 마음에, 불쑥 던지는 말 한마디가 상대를 당황하게 할 때가 많다. 그래도 그 한마디는 나에게 새로운 활력을 키워 가는 원초적 원동력이다.

매일 사랑한다고 해도 돌아서면 보고 싶고 확인하고픈 한마디,
"나 사랑하지?"

가까이 나에게 다가와 있건만, 어울리지 않게 확인하고픈 마음은, 나의 작은 둘레길 여기저기에 스며 있다.

당신은 나의 영원한 동반자라고 외쳐 보면서도 왜 그리도 그리워지는지, 하나둘 나이가 들어 가면서 더욱 확인하고 싶어지고 변함없는 깊은 사랑을 갈구하고 있다.

오늘도 어김없이 차 안에서 던지는 "나 정말 좋아해?"라는 유치한 질문도 정말 행복이고 감사하다는 생각이다.

어둠이 일찍 찾아오는 시간, 가을 노을 속에서 하늘을 보면서 나누는 우리만의 순수한 어린아이 같은 이야기가, 언제부턴가 좋아지고 감사해지는 것은 작은 행복을 하나씩 찾아가는 지름길이 아닌가.

듬뿍 안겨 주는 기쁨도 좋지만, 이제는 아주 작은 것에서도 의미를 찾는 하루하루가 되길 순간순간 소망해 본다.

54

우리의 역할 찾기

나는 삶 속에서 어떤 역할을 하면서 살아가고 있는지 나 스스로 조용히 생각해 보고 싶은 날이다. 어떤 것이 내가 해야 할 역할인지도 생각해 본다.

아이들을 가르치는 사람으로서 내 역할은 좋은 학생을 길러 내는 것이라 할 수 있지만, 과연 나는 얼마나 좋은 학생을 길러 내고 있는 것인지….

어쩌면 좋은 학생을 길러 내야 한다는 내 역할을 한 게 아니라, 시간표에 맞춰 무의식적으로 학생들을 가르친 것이 아니었나 생각해 본다.

젊은이들에게 목적과 목표를 가슴 깊이 심는 게 아닌 하루하루 살아가는 얄팍한 요령만 가르친 것 같다는 생각이 든다.

오늘 어느 교육장에서 '당신의 역할이 무엇인가'를 묻는 질문을 받고 내 역할을 다시금 깨닫게 되면서 나의 삶에 있어서의 역할을 정리해 보는 시간을 갖기도 했다.

부모의 역할, 아들의 역할, 교육자로서의 역할… 그리고 신앙인으로서의 역할 등 수많은 역할이 있음에 때 아닌 혼란을 받고 있는 듯한 느낌이다.

이렇게 수많은 역할을 감당하다 보니 내 진정한 역할이 무엇인가 하는 생각 속에, 나를 어떤 특별한 역할의 틀 속으로 고착화시키려 하는 의도마저 엿보이고 있다.

지금까지 남이 해 왔던 역할만큼 나 또한 그만큼만 하면 된다는 생각과, 부족하면 나는 실력이 없으니 하는 것으로 쉽게 치부해 버리고 더 이상 노력하지 않으려는 내 행동도, 이제는 부끄럼 없이 자행하고 있다는 것이다.

우리 모두 자기 자리에서 자신의 역할만이라도 잘해 준다면,

우리 모든 삶이 행복해지리라고 떠들어 대지만 그 소리는 각자 마음으로 전달됨 없이, 빈 메아리가 되어 나에게 다시 돌아와 이제 나를 괴롭히고 있다.

어디서나 필요한 사람으로 살고 싶다는 기본 생각을 나를 지배하는 삶의 지표로 바꿔 살고 싶은 날이다. 부족하지만 어디서나 제 역할을 위해 긍정을 키워 가면서 내일을 만들어 가는 삶 속에서, 나도 한 줌이라도 보탬이 되어 다 같은 미래를 같이 꾸려 나가고 싶다.

영원한 역할 수행의 만전을 위하여….

꽃 (20×20cm, 장지, 아크릴채색, 2022)

55

목적이 있는 삶의 작은 출발들

다시 시작이다.

한동안 코로나로 움츠리고 쉬었던 운동을 다시 시작하다 보니, 조금씩 활기를 찾게 되는 기분이다.

격리라는 핑계로 나를 게으르게 했던 시간도 꽤 많이 흘렀다. 일주일 격리기간 중에는 그래도 통나무를 이용한 운동을 했건만, 격리 해제 후에는 오히려 운동하는 게 귀찮아진 것 같다.

산다는 것도 어느 일이든 문제가 생겼을 때는, 그것을 해결하기 위해 다 같이 단합해 서로 격려하고 노력하지만, 문제가 해결된 후 편안함이 이어지면 어느 순간 긴장된 모든 것을 내려놓고 느슨해지다 보니, 삶이 오히려 정체되어 버리는 것 같은 생각이 든다.

삶의 문제는 해결이라는 노력을 통해 나를 한 단계씩 올라가게 만들지만, 왜 어려움이 없는 생활의 편안함은 나를 한 단계씩 내려가게 만드는 것일까.

오늘도 삶의 터전에서 힘차게 노를 저어 가지만, 목표의 방향을 잃어버린 것 같은 느낌 속에서, 새로움이 없는 삶의 시작이 또다시 나를 움츠리게 하고 있다는 생각에, 운동을 시작하게 된 것이다.

작은 출발일지라도 목적을 갖는 내 모습을 되찾아 가려는 노력의 시작이, 다시금 나의 목표를 향해 나가는 작은 원동력으로 자리매김하고 있다.

밀려오는 삶의 무게가 점점 무거워질지라도, 다시 시작하는 "출발"이라는 소리가 나를 지탱하며, 유연한 삶의 모습을 나타내 줄 것 같다.

56

상대를 배려하는 마음의 기쁨

갑작스런 입원으로 많이 당황했다. 검진을 받고 나면 금방 퇴원할 것 같은 기대가 무너지면서, 수행해야 할 강의와 각종 업무가 주마등처럼 스쳤다. '내가 과연 지금 입원해도 될까?', '학사 업무에는 차질이 생기지 않을까?' 걱정이 앞선다.

해결하기 위해 담당자와 관계자에게 조심스레 전화를 걸었다. 의외로 내가 생각한 것보다 건강문제에 이해의 폭이 큰 답변을 듣다 보니 감사가 앞서는 날이고 빨리 퇴원해서 밀려 있을 일들을 차질 없이 처리해야겠다는 의욕까지 생겨나고 있다,

항상 건강이 우선이라고 인사하듯이 하는 나이가 된 탓인지, 나를 위한 상대의 고마운 배려는 내 마음의 안심을 갖게 해 회복을 앞당길 듯하다.

"나이 들면 마음의 걱정이 큰 병을 만든다"는 이야기가 생각난다. 다행히 오늘 그러한 근심, 걱정은 피해 갈 수 있어 다행이 아닐 수 없다.

모두가 조금만 상대를 배려하고 이해하는 마음을 갖는다면, 우리는 기쁨과 감사가 넘치는 건강한 세상을 만들어 갈 것 같다는 희망도 갖는 날이다.

병실 창밖을 본다. 빼곡히 지어진 아파트 숲속에 하나둘 불이 밝혀지는 것을 보면서, 저 불빛 하나하나가 희망과 배려로 감사를 밝히는 기쁨의 불빛이기를 소망해 본다.

57

자존심을 지키는 것이 무엇인가?

지난 시간 나도 많은 만남이 있었다는 것이 실감나는 날이다. 작은 병원에서 밤샘 경비용역을 하는 한 분을 만나서, 이런저런 이야기를 나누다 보니 내가 아는 많은 분들과도 인연이 있는 분이었다.

한때는 잘나가던 시절이 있었고 앞뒤 모르고 살았지만, 어느덧 나이가 들고 보니 그때 그 시절엔 몰랐던 참인생을 이제야 깨달았단다. 지금은 작은 공간이지만 여기에서 참 생활인이 된 것이 퍽이나 다행스럽다며, 처음에는 지난 세월의 후회와 부끄러움에 꺼려하던 이야기를 쉼 없이 토로하였다.

무엇이 당신을 흥청거리게 했느냐고 물어보니, 자존심이 자신을 제일 많이 흥청거리게 했단다. 갸우뚱하며 다시 물어보니, 많은 만남 속에서 체면을 중시하고 자존심을 지키는 것이 나를 세우고, 그저 남 앞에서 으스댈 수 있을 것 같은 생각에, 홍청거리며 오만하게 살았다는 것이다.

지금도 그 체면과 자존심 때문에, 지금껏 만났던 많은 사람들과 연락을 끊고 살아가고 있다는 소리에, 나 또한 알량한 자존심을 지키기 위해 가치 없는 많은 희생을 해 오지는 않았을까 뒤돌아보게 되었다.

그러나 이분의 말투 속에는, 지금의 자존심은 '가족'이라는 이야기가 나오고 있어, 나 또한 가슴 한구석이 저려 옴을 느꼈다.

언젠가 아들 녀석이 "아빠는 자존심도 없어?"라면서 아직도 남들 챙기기에 바쁘고 자기와 보내는 시간이 없는 아빠가 못마땅하다는 이야기도 하였다.

자존심을 지킨다는 것, 폼 나게 산다는 것이 과연 누구를 위한 것인가?

항상 나를 위한 것이라고 생각해 왔던 습관들이, 오늘 우연히 만난 경비 아저씨의 이야기와 그 아들의 이야기에서, 자존심은 나를 위한 것도 있지만 오히려 가족을 위해 있어야 함을 깨닫는 날이다.

넓게는 타인을 의식하는 삶도 중요하겠지만, 가족을 위한 삶 그 속에서 우리는 진정한 내 자존심을 지키는 것이 아닐까….

58

새롭게 태어나고픈 나의 미래

많은 쉼 가운데 굳이 나는 아픔을 핑계로 한 쉼을 가지게 되었을까?

가끔씩 한번 늦잠이라도 푹 좀 자고 싶고 침대에서 뒹굴뒹굴하고 싶다는 이야기를 입버릇처럼 떠들던 나에게, 정말 열흘이라는 쉼이 주어지긴 했는데, 하필이면 병원에 입원하는 기간이었고 닷새 이상을 금식하면서 보내는 것이었다.

정말 잠은 원 없이 자 봤지만 그에 따른 병원생활의 고통도 말할 수 없이 힘들었다. 조물주는 쉼과 고통을 같이 주시는구나 하는 것을 강하게 느끼는 기간이다.

한없이 처량하게 보이는 내 모습은, 새벽바람을 맞으며 인력시장에서 선택받기를 기다리는 일용직 모습과 흡사하기까지 하다.

신이 우리에게 주는 쉼, 그러나 그 쉼 안에는 분명 우리를 일탈이 아닌 새로운 균형을 위한 채찍도 있다는 것이리라.

분명한 것은 지금의 고통도 사라지고, 원치 않았던 쉼도 다시금 일상으로 금방 돌아갈 것이다. 그러나 나는 지금 이 순간 가까운 미래에 새롭게 태어날 일상의 평화를 마음속에 느끼고 있다.

그 평화는 하늘에서 주신 선물로, 새롭게 태어나는 나의 미래 모습을 하나씩 보여 주는 것 같아, 더없이 평안함을 가져 보는 날이다.

59

병실 속 고통과 희망의 교차점

한 편의 영화를 보고 있는 것이 아닌, 내가 주인공이 되어 고통의 순간을 견뎌 내고 평온을 찾아간다.

급박했던 순간들, 남이 아닌 내가 겪으면서 응급실로 향했던 기억들, 응급실에만 오면 누구나 할 것 없이 욕심 많은 어린아이처럼, 남보다 우선이라는 아우성들이 응급실 열기를 더하게 만들고 있다.

머리 조아리듯 사정하는 보호자의 애타는 호소와, 두세 번 부탁해도 의료진이 관심을 보이지 않으면 큰 소리로 죽을 듯 아픔을 호소하는 소리 등등 정말 순간순간이 숨 가쁘게 움직이는 속에서, 24시간 365일 끊임없는 긴장이 흘러넘치는 여기는 응급실이다.

응급실을 겨우 통과하여 입원실까지의 절차 또한, 입원실이 있다 없다 하는 그 한마디에 희망과 절망이 엇갈리면서 또 한 번의 갈등이 오가며, 서로의 다급한 응급상황을 포용한다는 것 또한 많은 인내가 필요해 보였다.

입원실 또한 어떠한가. 나같이 두 다리, 두 팔이 멀쩡한 사람은, 입원실에서 며칠을 보내게 되면 점점 옆 사람들의 신음에 신경이 예민해져, 오히려 환자가 될 것 같은 우울감에 젖게 된다.

조금 더 오랜 시간을 이곳에서 보내야 하는 것은, 고통과 희망의 교차점을 매일 오가게 만들어, 나 또한 감당하기 힘든 고통의 시간만 될 뿐이므로, 의료진에게 빠른 퇴원 요청을 해 본다.

누구나 아픔은 찾아오게 마련이다. 그러나 그 속에서 희망을 찾는다는 것은, 또 다른 삶의 자세이며 또 다른 인생의 서막임을 생각해 본다.

60

다시 일상으로 돌아온 기쁨

긴 고통의 시간은 지나갔다.

우린 항상 어떤 일이든 지나고 나면 과거를 잊고, 다시금 새로운 일상을 맞이하게 된다.

고통이 시작될 무렵엔, 너무 힘들고 괴로워 쓰러지고 싶은 심정이었지만, 참고 견디다 보면 평온이 찾아올 거라는 믿음과 기대가 있어, 죽음의 문턱도 이겨 낼 수 있다는 의지를 확인해 보는 시간이었다.

이제 아픔은 먼 추억의 무용담처럼 되어 가고, 나는 일상으로 돌아와 평소 삶의 균형을 찾아가고 있다.

그동안 밀렸던 일들을 하나씩 처리하다 보니 오히려 뒤로했던 일들에 집중력이 생기면서, 빠른 회복 또한 찾아옴에 드디어 안정감을 유지하기 시작했다.

일상으로의 복귀가 조금은 두렵게 생각되기도 하지만, 그래도 나를 원하는 곳이 있기에 그리고 나를 반겨 주는 곳이 있기에, 순간순간 감사하는 마음이 이어지고 있다.

긴 잠에서 깨어나 맑은 정신을 가진 것처럼, 새로움의 설렘을 안고 다시 일상으로 나를 던져 본다.

더 힘차고, 더 밝은 내일을 엮기 위하여….

61

조용히 외어 보는 기도문

모든 관심이 나에게만 집중되길 바라고 있다.

한동안 아픔을 겪고 나니 더욱 관심을 받고 싶어진다.

아픔 후 겪는 증후군인지, 어딘가 기대고 싶은 마음과 그 바람이 안타까울 정도로 절실해져, 조금만 관심 밖에 내가 있다고 생각되면 섭섭함이 두 배나 커지는 것 같다.

오랜만에 강의에 복귀해서 열정을 살리기 위해 노력해 보지만, 오래가지 못하고 쉽게 지쳐 버리는 모습에서, 점점 체력의 한계도 노출되고 있다는 생각까지 들다 보니, 정신마저 나약해져 주위의 관심을 받고 싶다는 마음이 점점 커져 감을 실감한다.

수면 시간마저 두세 시간 빨라지면서 나이까지 들어간다는 것을 자각하게 되지만, 나 자신은 이 현실을 받아들이고 싶지 않다.

다시 잠을 청하려 조용히 눈을 감아 보지만, 많은 생각만 뇌리를 스치고 다시금 눈을 떠 버리는 현실 앞에, 나 자신에게 강함뿐만 아니라 나약함도 많구나 하고 느낀 지금의 나는, 정말 나에게 무조건 모든 것이 집중되길 원하는 철없는 아이가 응석을 부리는 것 같은 모습을 본다.

다시 잠을 청해 보며 조용히 기도문을 외어 본다. 약함이 아닌 강함을 달라고…. 그리고 이 나약함 속에서 용기를 잃지 않게 해 달라고….

62

만남이 남아 있었던 흔적

긴 만남이 아닌 짧은 만남도 우리에게 많은 의미를 남겨 줄 때도 많다.

평생 갈 것 같았던 기대도, 하나둘 주위 환경의 변화가 그 기대를 무너뜨리고 만다.

그래도 어렵사리 마음의 한쪽 구석을 메꾸며 삶의 균형을 잡아가고 있지만, 그 흔적의 공간이 너무도 크게 자리 잡고 있다. 상처가 커지지 않도록 노력하고 있지만, 만남에서 쌓인 많은 기억들이, 온종일 혼란스런 마음을 더 흔들어 놓고 있다.

사람이 만나고 헤어짐은 다반사라고 말들은 하지만, 그 내면에 쌓인 정다운 마음의 두께는 한순간에 걷어 내기가 힘든 것 같다.

마음속으로 나를 달래 보려 '내 주제에'라는 표현도 써 보며 나를 내려다보지만, 자꾸만 유약해지는 내 모습이 유난히도 측은해 보인다.

그래도 현재의 이 아픔을 이겨 내고 살아야 한다는 다짐을 해 보지만, 그럴수록 마음의 균형은 깨지기가 쉽고, 아름다운 기억 하나하나가 순간 밀려오면, 도저히 내 빈 가슴은 무엇으로도 채울 수가 없다.

내일이 찾아오면, 분명 내 정신은 온전하게 꿋꿋이 제자리에서 있을 것이라는 기대를 하면서, 그 만남에서 남아 있는 아름다운 흔적들을, 오히려 나의 온전한 의지를 지탱하는 힘으로 삼을 것을 다짐해 본다.

63

행복은 감사에서

누군가 가장 행복한 사람은 많은 것을 소유한 것이 아닌 감사가 많은 사람이라고 한다.

그럼에도 우리는 하나라도 더 소유하기 위해 치열한 경쟁 속에서 살아가고 있다는 생각을 지울 수가 없다.

어쩌면 그 경쟁은 죽음의 문턱에 누가 먼저 가느냐는 경쟁일지도 모른다는 생각이 문뜩 떠오르면서, 얼마를 가져야만 그 치열한 경쟁이 멈출 것인가를 조용히 되뇌어 본다.

모든 생활 속에서 더 큰 만족을 위해 '조금만 더'라는 것이 습관처럼 되어 내 모습을 지배하면서 살아가고 있다. 그렇다면 그 '조금만 더'로 얼마나 나를 만족시키며 살았고, 조금만 더했을 때 얼마나 큰 감사함을 만들 수 있었는지….

내가 생각하는 만족과 감사는 '조금만 더'에서 쌓인 것이 아닌, 어쩌면 넘침이 없고 조금 부족함 속에서 목표를 달성하려는 진지한 내 모습을 통해, 감사와 만족과 함께 큰 행복을 느끼며 살았던 것 같다.

움켜쥔 양손으론 다른 것을 쥘 수 없다고 한다. 움켜쥔 욕심을 내손에서 내려놓을 때, 거기서부터 우리는 새로운 진정한 감사와 행복을 잡을 수 있게 되지 않을까.

64

일에는 순서가, 현실에는 차례가

오늘 유난히 주위가 텅 비어 있는 것 같은 기분이다. 다들 나가 버린 자리들이 퍽이나 커 보이고 적막감마저 들기에 더욱 그러하다.

말로는 얼마든지 참고 견딜 테니 걱정하지 말고 당신들의 부족한 일들이나 먼저 하라면서 큰소리쳤지만, 돌아선 내 모습은 진작 어떤 일부터 해야 할지 몰라 허둥대고 있다.

참으로 강한 척해 본 내 모습이 솔직하지 못했음에 후회가 많은 날이기도 하다. 돌아보면 아쉬움을 넘어 금방이라도 달려가, 내가 큰소리친 것은 허세였다고 말하고 싶지만, 돌아갈 수 없는 처지가 되어 있는 내가 얄밉기까지 하다.

그렇지만 입장이 바뀔 날도 있기에 오늘은 말에 대한 책임을 지기 위해, 일의 순서를 정하고 처리 시간을 가늠하면서 떠맡은 일을 묵묵히 시작하면서 자리를 지키고 있다.

사람은 살아가면서 허세와 자존심으로 많은 것들을 잃어버리고 살아갈 때가 많지만, 작은 나의 희생은 상대에게 배려로 나타날 때도 많을 것이다.

그렇기에 그 허세가 언젠가는 서로를 지키며 믿음을 주며 살아가는 데 도움이 되는 경우도 있어 보인다.

작은 진실이 허세에 가려질 때도 있겠지만, 그 허세가 서로를 지키고 삶의 방향 설정에 윤활유 역할도 할 수 있음을 오늘 다시 깨달으면서, 후회라는 단어를 접어 보기로 했다.

일을 처리함에 있어서도 일의 부담을 많이 질 때도 있고 그 반대의 경우도 있어, 어떤 계기든 기회가 올 때는 주저 없이 일을 떠안아야 될 것이다.

일에도 순서가 있고 살아가는 현실에도 차례가 있음을, 나는 금번 일을 통해서 강하게 느껴 보며, 오늘의 과한 업무를 묵묵히 감수하기로 했다.

내일의 아름다운 미래를 위하여….

65

바쁨으로 돌아선 내 모습의 후회

눈을 뜬다는 것은 내가 살아 있음을 느끼게 하는 첫 반응인 것 같다. 여느 때 같으면 늦잠을 청해 볼 주말이건만 많은 생각에 그만 새벽에 눈을 떠 버린 것이다.

일찍 뜬 눈으로 하루를 시작해 보려고 열심히 기도문을 외워 보지만, 자꾸만 생각은 많은 일들과 누군가를 향함에 혼란스럽기만 한 것이다.

병원을 나선 지가 엊그제 같은데, 병원을 나서면서 이제는 내 삶의 방향을 바쁨보다는 이해하고 배려하는 느린 삶으로 살아가겠다고, 수없이 병상에서 다짐했는데 채 일주일도 지나지 않아 다시 바쁨으로 돌아와 버린 내 모습은, 혼란과 함께 생각이 뒤엉켜 갈피를 잡지 못하고 있는 것이다.

새벽녘 눈뜬 내 모습이 삶의 시작 신호가 아닌 종점을 알리는 신호처럼, 아쉬움과 부족했던 지난 시간이 머릿속을 흔들며 이른 새벽 나를 힘들게 하고 있다.

다시금 눈을 감아 보고 생각을 잠들게 하고픈 마음에 긴 숨을 쉬어 보지만, 이미 머릿속을 꽉 메운 많은 생각은 또 다른 상상을 만들어 가고 있다.

잠자리를 박차고 일어나 창문을 열어 본다. 시원함을 온몸으로 느끼는 순간, 정신이 바짝 들고 금방 어디든 떠나고 싶은 마음이 들어, 간단한 차림으로 무작정 차에 올라 시동을 걸어 본다. 이른 새벽 달리는 차창 너머 보이는 불빛들과 시원한 바람이 또 다른 나를 깨우고 있음을 느껴 본다.

복잡함이 아닌 단순함을, 그리고 작은 쉼을 오히려 달리는 차 속에서 새벽녘에 느껴 보는 이 순간, 긴 인생의 터널을 하나쯤 지난 느낌을 받으며, 힘차게 목적지를 향해 달려 본다.

66

삶의 방향키가 가리키는 곳은

첫눈이 내린 날이다.

새벽녘 보이지 않던 하얀 눈이 조금씩 보이면서 그동안 우울했던 마음이 조금씩 풀려 간다.

늘 감사한다는 이야기를 쉼 없이 되뇌며 다니다가 언제부터인지 힘들고 지친다는 이야기를 주위에 자주하게 되는 나의 모습이었는데, 오늘은 첫눈을 보면서 다시 감사로 바뀌었음을 느끼게 된다.

어려서 작은 사랑이 싹틀 무렵 헤어짐 속에서, 우린 헤어지더라도 첫눈이 올 때는 이곳을 기억하고 꼭 찾아와 만나자는, 잊혔던 아련한 순수한 시절의 추억이 떠올라, 옅은 미소와 함께 회상에 젖어 보는데, 그 기억의 잔상들이 그동안 우울했던 나를 감사와 행복감으로 바뀌게 한다.

생각만 해도 기쁘고 행복한 기억들, 우린 어쩌면 잊힘 속에서 즐거움을 찾아갈 수 있는 추억들을 누구나 한두 개쯤은 간직하고 있을 것 같다. 오늘 나도 그런 추억의 한 페이지를 생각하면서 다시금 감사와 희망을 열어 가야겠다고 다짐해 본다.

추운 날씨지만 움츠리지 말고 어깨를 펴며 다시 설정된 삶의 방향키를 힘 있게 움직여 본다. 분명 오늘 방향키가 가리키는 곳은 희망과 감사 그리고 기쁨이 넘치는 곳이기를 기대하면서….

67

참을 인(忍) 자라는 소화제

병실에서 제일 먹고 싶은 것은 라면이었다. 일주일 만에 쌀국수로 대체해서 먹고 나니 행복하다는 생각이 든다. 꿩 대신 닭이 아닌 닭 대신 꿩을 먹은 기분이다.

허겁지겁 두 그릇을 먹다 보니 너무 많이 먹은 탓에, 소화가 안 되는 것 같아 얼른 소화제로 달래 본다. 무엇이든 과하면 탈이 나는 법, 나 또한 무리한 과식으로 가만히 있기조차 힘들어 거실을 오가며 소화되기를 노력하고 있다.

누구를 만난다는 것도 과함이 있는 것일까? 오랜 시간 이해하며 살 것 같았던 노력도, 한순간 헤어짐을 알리는 소리에 아무런 준비도 없었던 내게는, 너무도 힘든 시간을 참고 보내야만 한다.

헤어짐에 준비도 없었는데 하나씩 쌓인 많은 추억들은, 생각의 넘침을 가져오고, 더 많은 시간을 머리와 가슴을 진정시키는 데 소요되고 있다.

그저 노력해 보겠다는 약속이 전부인 내 마음인데, 한순간 제대로 시작도 못 해 본 것 같은 나의 행동은, 지난 만남의 시간들이 잠에서 깨는 시간이면, 어둠에서도 또 다른 나를 찾고 있기만 해서 힘겹기만 하다.

하나둘 초침 소리가 유난히도 크게 들려온다. 그리움의 아픔도 이젠 시간이 지나면서 참음 속에서 안정을 찾게 되리라. 하지만, 가끔 가슴속을 파고드는 정겨웠던 시간의 소리에 울컥해질 때는 그때도 참으리라. 그리고 모든 행위에 과함이 없도록, 나에게 '참을 인(忍)' 자라는 소화제로 조용히 다스려 보리라….

68

모퉁이를 돌아가는 내 삶의 모습들

한 해가 저물어 가고 있다. 시작이 엊그제 같은데 벌써 연말이라는 소리와 함께, 크리스마스 점등식이 한 해를 마감해야 함을 알리고 있다.

사람이 목표를 잃는 것보다 기준을 잃는다는 것이 더 큰 위기를 만들고 삶을 방황하게 한다는 글귀가 생각난다.

올 한 해 내 목표는 무엇이었고 내 기준은 어떤 것이었을까 아무리 생각해도 떠오르지를 않는다. 그저 나는 하루하루 살아가는 것에만 만족하면서 살았던 것 같다. 욕심이 없어서일까, 아니면 세상 사는 법을 몰라서일까.

분명한 것은 눈을 뜨면 일터로 나가야 한다는 것과 피곤하면

눈을 감는다는 기계적인 기준만 있을 뿐, 남들처럼 거대한 꿈도 목표도 기준도 없이 한 해를 보내는 것 같은 내 마음에는 허전함만이 가득 차 있다.

이런 삶 속에서는 감사를 기대하는 것이 어렵다고 생각되지만, 그래도 나에게는 신이 준 희망이 있고 그것이 감사라는 생각이 가슴속에 굳건히 자리 잡아, 계획과 목표나 기준이 나약함에도 그 희망을 놓지 않고 참고 견뎌 왔던 것 같다.

조용히 올 한 해는 마감이 아닌, 또 다른 작은 삶의 둘레길 모퉁이를 돌아가는 마음으로 정리를 해 보고 싶다.

그 모퉁이를 돌면 오르막일지 내리막일지는 모르지만, 분명한 것은 또 다른 길이 펼쳐지리라는 기대가 있어 저물어 가는 한 해를 돌아보며, 앞으로 펼쳐질 새로운 모퉁이 길을 상상해 본다.

69

휴식이 주는 행복

내 머릿속을 꽉 채운 것은 무엇일까?

사랑일까 행복일까, 슬픔일까? 밤새 찾아보려 애써 보지만 그럴수록 혼란스러움만이 머릿속을 채워 가고 있다.

어느 한 가지 일에 집중력이 점점 떨어지면서, 침침해진 눈은 흐릿한 내 삶의 모습을 고스란히 나타내고 있다. 어쩌면 내 삶이 내 눈과 같이 흐릿한 인생이 아니었나 생각해 본다.

초점을 잃어 가는 삶 속에 작은 불빛이라도 찾듯, 열심을 다해 사랑해 보려 노력하지만 그 노력은 허상일 뿐 진정한 망막의 상은 아닌 것이다.

좀 더 나에게 휴식이 필요함을 절실하게 느껴 보지만, 내 삶의 방향은 이미 앞서 또 다른 일을 만들며 행동하고 있다.

휴식이 주는 행복을 모르는 바가 아니지만 다시 내일로 기약하며, 오늘은 다시 움직이고 목적을 찾아가는 나의 작은 삶에서, 기쁨과 감사가 넘치도록 조용히 기도해 본다.

70

어머니 삶의 힘든 기억들

출근길, 많은 눈은 아니지만 조금씩 쌓이고 있다. 누군가의 출근을 위해 구부정하신 어떤 할머니께서 빗자루 하나 드시고, 차량 위에 쌓인 눈을 열심히 힘겹게 치우고 계신 모습이 눈에 띄었다.

아마도 일찍 출근하는 자식들을 위해 치우는 모습 같아 가슴이 찡~해 오는 것을 느낀다.

지금은 연세가 많으시고 차를 지하주차장에 두다 보니, 눈 오는 날 차에 쌓인 눈을 치우지 않아도 되지만, 지난해까지만 해도 눈이 오는 날이면 새벽예배를 다녀오시면서 꽁꽁 언 손으로 내 차에 쌓인 눈을 치우셨던 어머니 모습이 떠올라 마음 한구석에 뭉클함이 밀려오고 있다.

자식을 위한 부모님의 사랑, 아직도 육십이 넘은 자식이 어디 추울까, 불편할까, 밥은 먹었는지, 어디 좀 아플라치면 내가 아프고 너는 건강해야 한다는 말씀까지 하시며, 나를 위해 불편함 없도록 매사에 노심초사하시는 어머니 모습이 떠오르면서, 오늘 그 할머니도 똑같은 부모의 깊은 사랑이라는 생각이 든다.

세상 많은 일들이 힘들게 해도 그 어려움의 해결을 위해 자신을 아끼지 않으시는 어머니의 모습을 지켜보면서, 주름이 늘어가는 얼굴은 나를 위했던 희생의 증거가 아니었겠나 하고 죄송한 마음이 밀려온다.

많은 생각 중에 어머니 삶을 힘들게 했던 기억들도 떠오르는 가운데 지금은 출근길을 재촉해 본다. 오늘 퇴근 후에는 가볍게 안아 드리고 손이라도 잡고 공원을 산책하면서, 지금껏 나를 위해 고생하셨던 어머니께 사랑한다는 한마디라도 전해 드려야겠다.

71

나의 선택은 과연 몇 점?

누군가 옆에 있어 주기를 바라는 것은 내가 약해서가 아닌 외로움 때문인 것 같다.

한 해가 마무리되어 가고 겨울이 점점 깊어질수록, 누군가 그리운 사람이 떠올라, 어찌할 수 없는 생활 속에서 또 다른 나를 보는 것 같아 더욱 외로움이 깊어진다.

바쁜 일정을 소화해 가는 와중에도 문득 나 자신을 돌아보는 시간에는, 어딘가에 머물고 싶고 떠밀려 가는 삶이 아닌 내가 선택하는 삶을 원하고 있는데, 아직도 등 떠밀리듯 살아온 시간과 습관들이, 나를 어딘가에 기대기를 원하게 하고 머물고 싶게 하는 것은 결국, 내 선택의 상실에 따른 결과 즉 또 다른 외로움이라 생각된다.

모든 선택은 자신이 만들어 간다고 아이들에게 이야기하고, 인생은 즐기면서 살아야 될 것이라고 떠들었던 기억들마저, 오늘은 가면을 쓴 내 모습으로 떠오르면서 오갈 데 없는 사람처럼 외롭고 처량하기까지 하다.

나의 선택은 어떤 것이었나 조용히 생각해 본다.

수없이 많은 선택을 해 왔던 지금까지의 삶 속에서 과연 내 선택은 몇 점일까도 계산해 보고 싶은 날이다.

여느 때처럼 창밖을 본다. 수많은 아파트단지를 바라본다. 한 집 한 집 살아가는 저들의 선택들은 무엇이었을까? 생각해 보면서 오늘은 평범한 나로 보내고 싶다. 내일 나의 선택들은 목적을 향해 가는 보다 가까운 기준점이 되기를 기대하면서….

72

삶의 눈높이를 낮추는 행복

삶의 눈높이를 낮추는 것은 축복이라는 이야기가 있다. 일부에선 위만 바라보고 살다가 좌절하는 삶을 사는 경우가 더러 있는 것 같다.

내 주위를 보더라도 누구는 어떤 차를 타고, 어느 아파트 몇 평에 살며, 또한 직장의 임원이고 대표라는 소리에, 그만 자신의 삶이 초라해져 버린다는 말들을 자주 하는 것 같다.

만족이 없는 삶을 살아가는 모습을 볼 때면, 내 만족의 기준은 무엇인가 생각해 본다.

가정이 행복한 것? 돈이 많은 것? 모두가 건강한 것? 수많은 물음표에 답하다 보면, 아마도 완전한 만족은 세상에 존재하지 않음을 깨닫게 되는 것 같다.

결국 '이런 속에서 나는 무엇을 위해 살아가야 하는가?'라는 작은 삶의 의미를 찾는 문제에 봉착하게 된다. 아마도 만족이 없는 삶을 살면서, 더 작은 만족에라도 행복을 부여하기 위해 발버둥치며 힘겹게 살아가는 것이 아닌가 하는 점도 있을성싶다.

삶의 눈높이를 조금만 낮추면 만족을 느끼면서 살 것 같은데, 이 또한 기준을 어디에 둘 것인가가 나를 더욱 곤혹스럽게 한다.

'어쩌면 내 눈높이는 내 가슴이 따뜻해질 때 느껴지는 온도와 같아 보이고, 그 눈높이는 시선이 아닌 온몸으로 깨닫게 되는 오감에서 오는 게 아닐까?'라는 생각 속에서, 우선은 욕심이라는 단어를 하나씩 내려놓아 보기로 한다.

모란이 피다 (53×45.5cm, 장지, 아크릴채색, 2019)

73

여유와 사는 재미의 비례

여유와 사는 재미는 비례하는 것일까? 지금까지 살아오는 동안 재미있게 살았던 기간은 언제였나 되돌아본다.

어느덧 다 자라 버린 아이들을 볼 때면 어린 시절 울고 웃고 하던 그때가 재미있고 사는 맛을 느꼈던 것 같다. 그때는 분명 큰 여유도 없이 생활할 때였지만 부족함 속에서도 아이들과 함께 생활하는 우리 가족은 행복함 그 자체였다.

지금은 아이들이 독립할 때가 되고 보니 오히려 웃음과 재미를 나눌 시간이 점점 줄어들고, 급기야 명절이나 되어야 얼굴 한 번 볼 수 있게 된 우리네 삶은, 어려웠고 여유가 없었던 때보다 훨씬 재미를 찾기 힘들어졌다.

누구나 여유가 있으면 즐겁고 행복하리라 생각할 수 있지만, 꼭 비례하는 것은 아니며 우리의 사는 모습에서는, 오히려 부족한 가운데서도 더 큰 행복과 재미를 느낄 수도 있다는 것을, 오늘 다시금 느끼는 작은 깨달음이다.

어린아이 같을 때 더 행복하고 즐거움이 더함도 느끼는 하루다. 어딘가 어렵고 힘들더라도 우리 모두 그 속에서 더 큰 삶의 가치를 찾아간다면, 지금 이 순간들도 얼마든지 재미있고 즐겁고 행복해질 수도 있음을 깨닫는 오늘이다. 따뜻한 내일을 꿈꾸어 본다.

74

만남과 인연 돌아보기

만남과 인연은 소중하고 아름답다고들 이야기한다. 그러나 만남과 인연은 우리가 말하는 것과는 다른 많은 시행착오를 겪어가며 다듬어지고 있는 것 같다.

우리가 살아가는 데 있어 만남과 인연은 셀 수 없을 정도로 많고 하루에도 수십 번씩 이루어진다. 오늘 하루를 보내면서 마음속으로 만남의 소중함과 인연의 아름다움을 위해 얼마나 노력하면서 보냈는지를 돌아본다.

모처럼 오랜 기억 속에 남아 있는 장애를 가진 선배께 전화를 해 봤다. 안부를 여쭙고자 전화를 했는데 너무 힘들게 전화를 받는 선배의 목소리를 들으니, 오랜만에 전하는 안부인사가 송구스럽고 죄송하여 가던 길을 멈추고, 급히 차를 돌려 선배 집으로 향했다.

수십 년 만남에서 내가 힘들어할 때 맛있는 반찬으로 입맛을 지켜 주시던 선배의 부인조차, 이제는 아픔으로 거동조차 하기 힘들게 된 모습을 보자니, 울컥해지는 감정을 주체할 수 없어 잠시 밖으로 나와 어두운 밤하늘을 바라본다.

지난 시간 소중하고 아름다웠던 만남과 인연도 시간 앞엔 어쩔 수 없는지 추억으로만 기억되고, 이제는 힘들어하는 두 분을 바라보는 내 마음은 또 다른 미래의 내 모습을 보는 것 같아 가슴 한켠이 아려 오기까지 한다.

오늘 나는 잊고 살았던 많은 만남과 인연을 돌아본다. 그리고 앞으로 이어질 또 다른 만남과 인연도 생각해 본다.

그리고 다짐해 본다. 미래의 모든 만남과 인연을 더욱 소중하고 아름답게 다듬어 가기로…. 그리고 그 속에서 희망과 행복을 다시 만들 수 있기를….

75

지난 10년과 앞으로의 10년 세월

세월은 잡을 수도 없지만 참으로 빠르다는 것이 실감난다. 침침해진 눈 때문인지 온 세상이 흐릿하게 보이면서 집중력이 많이 떨어지는 것을 자각하는 날이다.

모처럼 지방 나들이 길에 지인을 만나 저녁식사를 하게 되었는데, 눈의 침침함에 자꾸만 눈을 비비다 보니, 지인께서 내려오는 길에 피곤이 쌓여 그런 것 같으니 건강을 위해 서둘러 돌아가 쉬라는 말씀을 하신다.

벌써 10년이라는 세월이 훌쩍 지나는 만남이라, 많은 이야기보따리가 놓여 있건만 건강이 우선이라는 이야기의 시작은, 뒤돌아보는 시간보다 앞을 봐야 하는 시간이 짧을 수 있다는 생각마저 들게 한다.

이야기 주제는 지난 아팠던 사연이 대부분이었고 서로가 앞으로 아프지 말고 건강을 각별히 챙기자는 것이 오늘 나눈 대부분의 이야기들이었다.

인생의 참맛을 느끼며 휴식기를 보내는 시작은 칠십이라는 누군가의 이야기가 떠오른다.

이때부터는 연극에 빗대어 인생 2막이라 하고 건강이 최고라는데, 나는 아직도 1막을 진행 중이므로 희망을 가지고 열정 또한 표현해 보고 싶지만, 현실은 2막의 시작을 이야기하고 있는 것이다.

오랜만의 만남에서 지난 10년이라는 세월을 빠르게 보내 버린 것과 앞으로의 10년을 이야기하면서, 건강이라는 대화의 둘레를 벗어날 수 없었음을 더욱 크게 느끼는 날이기도 하다.

늦은 밤 서둘러 귀가 길을 재촉하는 내 모습에서 세월이 빠져나가는 차가움을 다시금 느껴 본다.

76

많이 쓰임 받는 것의 감사

많은 쓰임을 받는 것은 감사해야 할 큰 복이 아닌가.

한 해가 지나갈 때면 어김없이 다시금 시작되는 다음 한 해의 새로운 일들이 기다리고 있음에 가슴이 뜨거워짐을 느끼게 된다.

어딘가 쉼을 찾는 게 아닌 새로운 삶의 기다림들이, 나를 설레게 하고 열정을 불어넣어 주고 있다는 생각에 지속적인 배움 또한 필요함을 깨닫게 한다.

오늘도 저물어 가는 한 해의 끝자락에서 신은 나에게 새로운 여정을 만들어 주셨다.

무조건 받아들일 수밖에 없는 현실 앞에서 한동안 주체하기 힘들어, 여기저기 전화를 걸어 보지만 나에게 들려오는 대답은, 헌신하면서 받아들이라는 조언들이다.

그렇다! 하고 받아들이면서 무거웠던 마음을 내려놓는 순간, 모든 게 가벼워지고 평안해지는 작은 깨달음이 내 머릿속을 스치면서 한결 마음이 안정되어 간다.

퇴근길 밤하늘을 바라본다.

어둠이 세상을 감싸고 있지만 저 어둠 속에도, 새로운 한 해를 기다리는 내 삶의 빛이 있음을 가슴속 깊이 받아들이며, 신이 나에게 준 아름다운 여정을 잘 마무리할 수 있도록 다짐해 본다.

77

아름다운 삶은 둘레를 도는 것

배고픔을 숨김으로써 아름다울 수도 있다는 생각이 드는 날이다.

한 주간 정신없이 보낸지라 신경이 좀 예민해져 있어, 한 마디 작은 실수도 평소 같으면 쉽게 이해하고 넘어갈 텐데, 요즘은 작은 거슬림에도 본의 아니게 짜증스러움을 상대가 느낄 정도로 표현하고 있다.

이런 내 모습의 변화에 제일 먼저 신경을 써 주시는 분은 집에 계신 어머니다. 평소 같지 않게 식사시간이면 내 옆에 앉으셔서 옛날얘기를 조근조근 하신다.

예민해진 내 모습에서 어떤 면을 보셨는지, 돌아가신 아버지 이야기부터 어머니 어릴 때 힘들게 하셨던 새할머니의 이야기와, 내가 자주 듣던 지난 이야기지만 섬김 속의 어느 목회자의 이야기를 해 주시면서 눈물을 글썽거리신다.

자신의 굶주림 속에서도, 어려운 가정의 식사시간 중에는 배고픔의 고통을 이겨 내며 항상 기도부터 했다는, 어느 청빈한 목회자의 삶은 참으로 나에게 신선한 작은 울림을 주는 것 같다.

우리네 삶은 직진만 하다 보니 남보다 내가 조금 먼저일 수는 있지만, 아름다운 삶은 결코 직진만이 답이 아니고, 둘레를 돌아갈 때도 아름다움을 만들 수 있고 감사도 만들 수 있는 것 같다.

어머니가 내게 들려주신 말씀은 매사에 겸손하고 감사하며, 자신을 다스릴 수 있어야 하고 나의 배고픔보다 상대의 배고픔이 먼저라는 상대 배려의 뜻이 담긴 것임을 느끼며, 오늘도 아낌없이 나를 위해 작은 것 하나라도 챙기시는 어머니의 모습이 나를 더욱 숙연하게 만들고 있다.

78

밥 먹었느냐는 어머니의 정

한파가 모든 것을 얼어 버리게 하고 있다. 올겨울 들어 최고 춥다는 소식에 그래도 마음의 따뜻함은 추운 겨울과는 무관하게, 사랑을 펼칠 곳을 찾고 있는 듯하다. 오늘은 조용히 기다려 보지만….

내 생각과는 다르게 내일이 크리스마스인데도 세상이 조용해 보인다. 구세군의 자선냄비도 길거리에 보이지 않고 옷깃을 여미고 종종걸음으로 어딘가를 향하는 사람들은, 연말의 흥청거림 없이 평소 추운 날의 그 을씨년스런 모습일 뿐 별다른 새로움은 없다.

언제부터인지 캐롤송이 점점 사라지고 있는 현실을 보면서, 세상 사는 것이 새삼 추운 겨울처럼 따스함을 잃어 가고 있다는 생각에, 한 해를 마무리하는 지금 마음 한구석이 허전함을 느끼고 있다.

한 해를 이렇게 마무리할 수 없다는 생각에, 스마트폰에 선물 보내기를 눌러서 작은 사랑이라도 전하고 싶은데 막상 누구에게 보내야 할지조차 오락가락하고 있다.

그러다 불현듯 구십이 넘으신 어머니가 생각났다. 오랜 세월 밖으로만 관심을 갖고 즐거움을 주기 위해 살았던 내 자신이 부끄러워진다. 작은 목도리라도 하나 챙겨 드리고 싶은 마음에 급히 시장으로 향해 본다.

항상 자식들을 챙기시는 게 우선이어서 새벽마다 일찍 일어나시는 어머니는 어려서 배고픔 속에서 생활했던 까닭에 지금도 육십이 넘은 아들이 퇴근하면 "밥 먹었냐?"라고 물으셔서 내 마음을 안쓰럽게 하고 있다.

모처럼 연말을 보내는 지금, 어머니의 깊은 마음을 조금이나마 헤아려 보며 지나온 한 해를 감사로 마감해 본다.

79

오늘 이 순간의 소중함

아침에 한 통의 전화를 받았다. 정말 오랜만에 받아 보는 지인의 전화인지라 얼른 폰을 켰다.

그동안 이사도 하고 해서 연락을 못 했고 괜히 바쁜 척하다 보니 안부 전화도 못 했다고 미안해하면서, 첫마디가 건강은 괜찮냐는 인사다.

언제부터 이렇게 첫인사가 건강이었는가? 참으로 세월이 나이를 찾아오지 못하게 만들 수도 없고, 흘러가는 인생은 멈출 수가 없다는 진실을 생각하게 하는 날이다.

너무나 반가워 무조건 저녁시간 커피라도 같이하자고 하면서 약속을 해 버렸다. 급하게 일정을 마무리하고 약속장소에 도착했는데 웬일인지 장소에 나오지 않았다.

시간이 조금 흐른 후 전화벨이 울린다. 응급실에 있다는 것이다. 참으로 한순간을 예측할 수 없는 우리 삶의 현실을 실감하는 날이다. 겨우 전한 한마디는 건강부터 잘 챙기라는 것이고, 얼른 회복해서 다시 만나자는 것이었다.

참으로 힘든 생활이 올 때면 인생이 길게도 느껴지지만 오늘 지인과의 약속에서 보듯, 이젠 느긋이 기쁨, 슬픔을 나눌 때가 아닌, 순간순간 변하고 변화의 시간도 시시각각 짧아져 오는 것을 느낀다.

한 해의 시작이 어제 같고 이젠 십 년도 엊그제 같다는 생각이 들면서, 예상할 수 없는 삶의 현실 속에서 오늘 이 순간들이, 얼마나 소중한 시간인지 지금 내 마음에 깊게 새겨 본다.

80

아픔 속 깊은 사랑

누군가 사랑은 아픔 속에 가려져 있는 기쁨을 찾는 것이라고 한다. 사랑을 우리는 즐겁고 행복한 것이라고만 이해하고 있으나, 진정한 사랑은 내면의 아픔이 가슴을 통해서 울려오는 공명(共鳴)을 공유하는 것이 아닌가 하는 생각도 해 본다.

밤늦은 조용한 시간이다, 어둠 속에서 나만의 사랑은 과연 어떤 것들이었나 되돌아본다. 정말 나의 사랑은 어쩌면 기쁨보다 많은 슬픔과 고통에만 머물게 한 것들이 많아 보인다.

그중 가장 큰 아픔은 세상의 모든 이별이 그러하듯 헤어짐의 아픔이었던 것 같다. 사랑은 참으로 떠남을 전제로 시작된다는 깨달음이 느껴지면서, 영원한 사랑은 존재하지 않을 것 같아 세상의 어둠이 오늘은 더 짙어 보인다.

사람을 만날 때면, 서로 공유하는 여러 가지 아픔에서 기쁨을 찾아내는 사랑이, 제일 크고 희망이며 목적이라 여겨 왔던 지난 시간이, 너무도 허무하게 생각된다.

그래도 헤어짐의 아픔에서 기쁨을 찾게 해 줄 더 큰 사랑을 생각하면서, 새로운 사랑에 도전해 본다. 그 누군가를 그리워하면서….

81

완벽함보다 부족함의 평안

인생은 아무리 준비를 철저히 해도 완벽한 삶을 영위할 수는 없다고 한다.

완벽함이 세상에 존재하지 않는다는 것을 알기에, 누구나 부족함 속에서도 삶의 목적과 목표를 설정하고, 그 상황에 맞게 방법들을 최적화시켜 감으로써, 최종적으로 평안을 얻을 수 있다는 생각으로 살아가고 있는 것이 현실이다.

생의 완벽함은 추구하는 것이지, 완성되는 것이 아님을 이해할 수 있다. 언제나 우리는 '완벽'이라는 단어에 갇혀, 또 다른 세상을 보지 못하고 힘든 삶을 자초해서 살아가는 경우가 허다하다.

주위의 만남들을 생각해 보라. 완벽함보다 조금 부족함이 평안을 만드는 경우가 허다할 것이다. 조금은 다듬어지지 않아도 그 나름 삶의 맛이 훨씬 풍미 가득함을 느끼며 살고 있을 것이다.

오늘 이 험한 세상에 징검다리라도 되어 줄 수 있는, 우리의 부족함에 대한 마음가짐을, 완벽을 넘어 세상을 아름답게 하는 큰 힘과 보람 있는 생활에 큰 용기가 된다는, 작은 지표로 삼고 살아가고 싶다.

82

아름다운 끝

세계적 베스트셀러 작가이며 연설가인 지그 지글러의 "우리는 끝을 알 수 없다"라는 이야기가 생각난다.

수많은 사람들이 각자 생을 살면서 다양한 경험들을 했다고 떠들어 보지만 누구도 자신의 끝은 알 수 없을 것이다.

오늘이 내 인생에 끝이 될지 내일이 끝이 될지 알 수 없는 생활 속에서, 늘 바쁘다는 핑계로 주위를 돌아보지 못하는 끝 모를 삶이기에 또 다른 후회들을 만들어 내고 있다.

소파 한켠에 기대어 하루쯤 아무 생각 없이 쉬고 싶고, 오랜만에 가까운 친구들에게 안부 전화라도 해 보고 싶다.

강산이 수없이 바뀌었어도 변함없이 내 주위에 머물러 있는 가족들에게도 감사함을 전하고 싶기도 하다. 힘들 때 내 손을 꼭 잡아 주시던 어머니에게도 고맙다는 말 한마디라도 전할 수 있는 여유를 갖고 싶다.

슬픔도 이야기하고 기쁨도 이야기할 수 있는 그런 여유를, 누군가와 오늘을 같이하면서 인생이라는 길 위에서 작은 전환점도 찾아보고 싶은 날이다.

그러나 내가 가야 할 길이 어디인가를 찾기보다 신이 나에게 '명'하는 곳, '작은 십자가의 길'로, 오늘은 나의 모든 분들과 조용히 함께 걷고 싶다.

서로의 아름다운 끝을 기대하면서….

모란이 피다 (72.7×60.6cm, 장지, 아크릴채색, 2019)

83

사랑이 움직이는 쉼터

오늘은 모처럼 일정에 여유가 생겨, 숯가마를 찾아 땀을 흠뻑 빼고 싶은 마음으로, 급하게 지인과 함께 참숯가마 찜질방을 찾아가서 아직도 열기가 후끈거리는 저온 방으로 들어갔다.

서너 평 되는 공간에 수건 하나씩 머리에 감고 둘러앉아 도란도란 정담을 나누는 모습을 보면서, 오랜만에 사람 사는 냄새를 맡아 보는 것 같아 마음도 따뜻해지는 것 같다.

땀을 흠뻑 흘리고 밖으로 나와 침상에서 땀을 식히려 하는데, 가래떡을 한 줄씩 나눠 먹고 있는 할아버지, 할머니, 손주들까지 있는 한 가족을 보면서, 참으로 가슴 가득한 가족 사랑과 행복을 이곳에서 본다는 것에, 또 다른 삶의 의미가 열기와 함께 내 마음속을 파고들고 있다.

좋은 식당, 좋은 휴양지에서만 행복을 만들 것 같은 우리의 얕은 생각이 순간 이곳의 따뜻한 모습을 보면서, 깨지는 것을 느꼈다. 행복하다는 것은 장소가 만드는 것보다 이런 평범한 곳에서도, 즐거움과 평안함을 만들 수 있다는 작은 깨달음을 오늘 얻게 되었다.

어느 편안한 잠자리보다 더 곤히 잠들 수 있게 보이는 숯가마 앞 침상에서, 잠든 어느 노부부의 모습을 보면서, 내가 지금 서 있고 누운 그 자리가 즐겁고 평안하면 그곳이 행복의 시작점이고, 사랑이 살아 움직이는 쉼터이며, 마음의 고향이라는 생각이 드는 훈훈한 하루였다.

84

선물은 나누는 것

명절의 시작이다.

어머니의 냉장고 정리가 시작되면 우리 집은 명절이 시작되는 것이다. 냉동실을 몽땅 뒤집어 놓으시는 모습은 일 년에 두 번씩 벌어지는 진풍경이다.

30년 넘게 보았던 모습이지만 매번 냉동실을 정리하시면서 푸념처럼 "이제 떡은 그만 들어왔으면 좋겠다"고 하신다.

그래도 집에 구순이 넘으신 어머니가 계셔서, 남들은 어른께 맛있다는 떡을 보내 드리는 것인데, 아마 어머니는 집에 인사 오는, 출가한 당신 아들딸에게 나눠 줄 선물을 먼저 생각하시다 보니, 자꾸만 본인보다 자식네들이 좋아할 것 같은 선물을 기다리고 계시는 것 같다.

오래전부터 자식들에게 친정집이나 본가의 집이 되다 보니, 선물의 종류와 우선순위는 어머니 결정에 따라 나눔이 결정되고, 그 나눔은 냉동실 위치 순위를 결정하게 만드는 어머니의 명절 전 일상이 된 것이다.

이번 설 명절도 어김없이 시작된 냉동실 정리를 보면서, 어머니의 나눔 사랑에 가슴 뿌듯함을 느끼며 참으로 작은 행복을 다시금 느껴 본다.

'언제까지 어머니의 냉동실 정리를 볼 수 있을까?'라는 생각이 불현듯 떠오르면서, 이번이 마지막이 아니길 오늘도 조용히 기도해 본다.

85

내려놓는 삶

새로운 한 해가 시작된 지도 벌써 한 달이 되어 간다.

한 해가 시작되면 많은 각오도 하고 계획도 세우면서 출발을 하게 되지만, 잠시 방심하다 보면 무슨 각오, 어떤 계획이었는지 몽땅 잊어버리고 그저 일상으로 다시 돌아오게 된 느낌만 갖게 된다.

나이가 들면 말수도 적어질 것 같고 필요하지 않은 말은 아예 하지도 않을 것처럼 시작된 새해도, 한 달이 되기 전부터 벌써 연기처럼 날아가고 있다.

말수 또한 줄어들지 않고 자꾸 떠들어 대다 보니, 말실수로 서로가 생각하고 있는 의미를 잘못 이해해서 또 다른 문제를 만드는 날도 생겨나고 있다.

말의 실수는 대부분 '경청'을 하다 보면 많이 줄어든다고들 하지만, 실생활에선 경청하는 것을 가볍게 여기고 살아가다 보니, 정확한 의도를 파악하지 못하고 거슬리는 부분만 확대 이해해서 벌어지는 실수와 오해가 허다한 것 같다.

이제는 듣고 싶은 이야기만 들으려고 하는 고집도 생긴 것 같다.

연초의 내려놓는 삶의 계획은 다 어디로 간 것일까? 언제 실행에 옮겨질까?

삶의 모퉁이를 돈다는 것은 많은 경험과 지혜를 안고 돌아가는 것이라고 이해하려 하지만, 오히려 어느 모퉁이에서의 잘못된 판단과 고집은 삶 전체에 불행을 가져올 때가 많아 걱정스럽지 않을 수가 없다.

갑자기 늘어나는 황혼이혼에 대한 신문 기사를 보면서, 죽음을 맞이하는 그 순간까지도 욕심과 아집을 내려놓지 못해서, 불행을 자초하는 삶을 살아가게 되는 무지를 보는 것 같아 아쉬움이 더

해 간다.

세월이 흐를수록 내려놓아야 한다는 선인의 말씀처럼, 오늘은 무엇을 내려놓는 것을 실행에 옮길까를 고민하는 하루의 시작을 새벽기도로 정리해 본다.

86

치유되지 않는 삶

아흔아홉이시란다.

오랜 삶을 사셨는데도 지난 일을 잊지 못하시고, 마음 한구석에 박혀 있는 아픈 기억을 이야기하시면서 울컥하신다.

많은 마음의 응어리들을 내려놓는 것이 장수 비결처럼 이야기하시면서도, 마음속 아픔을 잊지 못하고 지금도 가슴에 안고 사시는 고모님을 만났다.

조카를 만나면 자신의 동생 생각에 마음을 진정시키는 시간이 길어진다고 하신다.

2남 2녀로 살면서 둘째였던 자신과 셋째였던 나의 아버지의 어린 시절은 몹시 고생스러웠다고 했다. 무책임할 정도로 가족에게 무관심하셨던 할아버지의 기억과 그로 인한 고생이 지금도 가슴에 맺혀, 생각도 하고 싶지 않다고 하신다.

아흔아홉의 고모님 가슴에 맺힌 소리를 듣다 보니, 삶이라는 것은 책임감이 뒤따라야 하는 가장 중요한 요인 중 하나라는 생각이 들었다.

누구나 상처가 될 수 있는 삶의 기억들도 시간이 지나면 된다고 쉽게 말하지만, 가슴에 맺힌 그 아픔들은 평생 남을 수 있을 것 같다. 우리의 아픈 상처를 감기처럼 가볍게 치부하는 우매함은 없어야겠다. 고모님의 지난 아픈 기억들을 들으며 나도 조심스럽게 내 삶을 되돌아본다.

평생 한으로 남은 상처는 쉽게 치유되지 않음을 느끼며 가까운 가족부터 따뜻하게 살펴봐야겠다고 다짐해 본다.

87

행복과 불행의 공존

사랑을 뿌리 깊은 나무로 표현했던 글귀가 생각난다.

뿌리가 깊으면 나뭇잎이 떨어지고 가지가 흔들려도 나무는 다시금 잎을 싹틔울 수 있다는 이야기다. 아무리 멋진 사랑을 하는 사람이라도 강풍에 나뭇가지가 꺾이고 나뭇잎이 떨어질 때가 있듯이, 그 사랑 속에도 아픔도 있고 힘든 일도 일어난다는 것이다.

많은 사람들이 이혼을 하고 심지어 황혼이혼까지 하는 경우가 많다는 이야기가, 이제는 새삼스럽지 않고 일상이 되어 버린 우리네 삶을 접하다 보니, 이제는 정말 결혼의 행복이 무엇인지 혼란스럽기까지 하다.

이혼 안 하고 사는 게 행복인지 아니면 이혼하는 게 행복인지

도저히 요즘에는 구분하기가 쉽지 않다.

오늘 어느 모임에서 잠시 나눈 이야기 중 하나의 주제가 이혼 문제였다. 그저 자식들 생각에 버티고 살려 했는데, 그 버팀이 결국 자식들까지 불행하게 만들어 버렸다는 이야기를 들었을 때는, 이혼이 불행만은 아니라는 것을 느끼게 되었다.

그래도 이혼을 안 하는 게 더 나은 방법 아니냐고 누군가 물었다. 그러자 삶은 가정을 이루게 되면 둘만이 사는 게 아닌, 자식과 부모 그리고 서로의 형제들이 엉켜 사는 것으로, 둘이 모든 것을 이해하고 해결해 나간다는 게 힘들고 지쳐서, 가끔은 친구들을 만나면 힘든 결혼 생활을 지속하는 것보다, 이혼도 괜찮은 삶의 한 방법이라고 이야기한다고 한다.

과연 헤어짐이 많은 것 같다. 그렇지만 고통을 참고 여러 가지 이유로 이혼을 쉽게 결정하지 못하고 인내하는 가정도 많은 것 같다.

자식이 있느냐 없느냐, 재산은 어찌되는지, 사회적 위치는 어떻게 감당할지 등 어쩌면 둘 관계보다 더 복잡한 주위 환경이 이혼을 못 하게 미루어 불행을 이어 가게 하고 있지나 않은지…. 손 놓아 버리면 끝날 것 같은 헤어짐도 살아온 흔적이 두껍게 쌓인 만큼 어렵다는 것 같다.

결혼을 하고 후회할 것인가, 안 하고 후회할 것인가 하는 이야기를 젊은이들 사이에서 들을 때면, 후회가 있을지라도 자신 있게 결정하고 후회하는 게 낫다고 참견하던 나였건만, 이제는 이마저도 자신이 없다.

세 쌍 중 한 쌍이 이혼한다는 세대이고, 키울 자신이 없다며 자식 낳지 말자는 현실 속에, 우리는 또 다른 행복의 지혜를 신에게 간구할 때가 된 것 같다.

어쩌면 세상은 행복과 불행이 공존하는 것, 그래도 행복이 조금이라도 보인다면 불행을 넘어설 수 있는, 새로운 도전의 의지라도 키우는 가르침을 전달할 수 있게 해 봄은 어떨지….

88

나를 위한 삶

아픔을 딛고 힘차게 살아가는 친구와 만났다. 폐암 4기를 이겨내고 있는 그를 만날 때면, 삶의 긍정된 모습에 내가 오히려 무엇이든 할 수 있다는, 도전정신을 전수받고 있는 것 같다.

인생이라는 것이 욕심만 버리면 참으로 행복할 수 있다면서, 언제부터인지 기억할 수는 없지만 많은 것을 내려놓다 보니 세상이 보이고 사람이 보인다는 이야기를 한다.

그저 하루하루 사는 것이, 어쩌면 내 주위에 걸림돌이 되는 작은 돌 하나 치우면서 사는 것이고, 그 돌이 돈이 된다면 어딘가에 팔기 위해 노력하면서 살아가는 것뿐이라고 한다.

아마도 대부분 이런 삶이 우리들의 보통 모습들인데, 왜 그리도 자신을 힘들게 하고 가족을 힘들게 하면서 사는지 모르겠다며, 옥석 하나 구분 못 하면서 사는 인생이 세상을 어찌 알고 사람을 어찌 판단할 수 있느냐는 이야기에 내가 살아온 길 위에 작은 파장이 일었다.

자주 전화도 하는 사이였던지라, 그 친구가 살아간다는 것이 고통스럽고 희망이 없을 것이라 생각했던 나 자신이 정말 부끄럽다는 생각이 든다.

우리는 과연 무엇을 얻기 위해 평생을 살아가는지, 지금껏 가족을 위해 열심히 살았다면 이젠 나를 위해 살아야 한다는 그 친구의 또 다른 한마디에, 그동안 지쳐 있었던 내 삶이 어디론가 흩어져 버리는 기분이었다.

뒤돌아가는 친구의 모습을 보면서 처져 있는 내 어깨가 아픈 친구의 모습보다 더 나약해 보임은, 삶의 욕심이 짓누르는 무게의 차이를 보는 것 같아 씁쓸한 하루를 마감해 본다.

육체는 내가 더 튼튼해 보이지만 삶의 행복지수는 폐암을 이겨내고 있는 친구의 행복지수가 더 높아 보이는 날이다.

친구야 사랑한다.

그리고 꼭 완치되어 같이 한번 힘차게 뛰어 보자꾸나.

각자 나를 위한 삶을 위해서….

89

본질의 가치

우리 삶의 지향점에 따른 본질적 가치는 무엇일까?

그중 하나, 한동안 삶의 본질적 가치라고 수많은 사람들이 주장하는 가족이라는 가치는 뒤로하고, 최근엔 장기적 주요 가치를 부동산으로 본다는 이야기가 우리 머릿속에 뚜렷이 각인될 정도로 회자되고 있다.

그러나 어느 순간부터 우리의 중요한 가치로 여겨 왔던 부동산 시장이 온통 혼란으로 인해 복잡한 하향 그래프를 그려 내면서 곤두박질치다 보니, 여기저기서 가치를 논하기 전에 한숨만 더해 가고 있다.

자본의 양은 생활할 수 있는 활동 영역을 제한하기도 하는데,

집 한 칸 마련하려고 여가 활동 및 소비 활동도 줄여 왔건만, 갈수록 힘들어지는 부동산의 대출이자 부담은 자연스럽게 삶의 영역도 줄어들게 만들고 있다.

또한 이론적 가치관인 진(眞), 도덕적 가치관인 선(善), 미적 가치관인 미(美)의 진정한 본질적 가치관은 어디 가고, 비즈니스만을 위한 가공된 생활 방식이 모든 이의 가치관이 되어 버린 것 같다.

우리나라 가계자산의 70%가량이 부동산 비중이라 본다면, 각자의 가치관은 부동산으로 인해 얼마나 흔들리고 피폐해져 갈지, 그 심각성 또한 고민하지 않을 수 없을 것이다.

한 살, 한 살 나이를 더하고 노후를 걱정할 즈음이 되면서부터는, 본질적 가치인 가족 중심 찾기가 점점 어렵게 될 것이다.

한파 또한 모든 이를 움츠리게 하고 있다.

이 모든 어려움을 이겨 내고 가치관을 재정립할 방법은 없을까, 조용히 생각해 보지만 당장은 뾰족한 방법이 떠오르지 않는다.

이럴 때면 어김없이 차를 몰고 시골길로 향한다.

저 멀리 십자가가 보인다.

저 십자가를 보면서 내 삶의 본질적 가치를 회복할 수 있게 해 달라고 오늘도 열심히 기도를 해 본다.

90

영원함은 없는 것

영원한 것은 없다고 한다.

우리가 살면서 겪는 힘든 일도 즐거운 일도 시간이 지나면 다시금 제자리로 찾아가고, 그 제자리는 어쩌면 기쁨과 슬픔이 없는 평온한 시간들이 아닌가?

그러나 나는 그 평온한 시간이 어쩌면 내가 의식하지 않은 가장 행복한 시간일 수도 있다는 생각이 든다.

물론 바쁜 일정을 소화해 나가며 기쁨과 슬픔을 생각하지 못하고 기계처럼 인생을 살았던 기간일 수도 있을 것이다.

시간에 맞추어진 일정을 쫒아가다 보면 벌써 하루가 갔고 일

년이 가고 십 년이 흘렀던 기간들이다.

그 기계처럼 살았던 삶이 있었기에 수많은 시간 어느 쪽에도 기울지 않고, 또한 정체되지 않고 살아가고 있는 나 자신을 오늘 돌아보면서, 어떤 고통도 슬픔도 시간이 지나면 그마저도 해결된다는 작은 진리를 깨닫는 날이기도 하다.

바쁨과 쉼 어느 쪽도 영원함이 없음을 알면서도, 현실에 닥친 일들 때문에 잠 못 이루고 고민했던 기억들…. 왜 이렇게 나만 이러냐며 한탄했던 기억들이 이제는 내 작은 삶의 둘레가 되어 아름다운 둘레길의 소중한 토양으로 만들어지고 있음을 느낀다.

그동안 나를 억눌렀던 책임감이라는 갑옷들을 이제는 자유로운 영혼을 만들기 위해 하나씩 벗어 버리고, 기름진 토양에 새로운 씨앗을 뿌리며 파란 새싹이 돋는 것을 기다리고 싶다.

안주하는 삶의 영원함을 찾아가는 것이 아닌 이제는 하나하나에 최선을 다하면서, 결과보다 과정을 만들어 가는 삶의 방향으로 잡고, 그 속에서 더 큰 기쁨과 희망을 만들어 가는 희로애락의 무대를, 영원히 기획하고 연출하는 감독의 삶으로 살 것을 다짐해 본다.

91

처음처럼

항상 무언가에 '쫓기듯 살아가는 삶'이 요즘 살아가는 우리네 모습들인 것 같다.

이는 주위를 경계하느라 제대로 누워 잠도 자지 못한다는 초식 동물처럼, 항상 불안해하며 긴장 속에서 살아가고 있는 우리들 현실을 잘 조명해 주는 말이 아닐까 싶다.

다음 일정을 어떻게 할 것인가를 고민하는 게 아닌, 다음 일정이 온다는 것에 미리 불안해한다. 이해할 수 없는 우리들 모습을 바라보면서, 언제부터 이렇게 삶이 변해 버렸는지 뒤돌아봐도 기억이 나지 않는다.

누군가 나를 살기등등하게 위협하는 것도 아닌데 왜 불안이라는 모습을 털어 버리지 못하고 긴장을 해야 하는지….

또 스마트폰이 손에 없으면 이 또한 불안감에 제대로 일을 할 수 없다는 이야기까지 들을 때면, IT기기가 우리 삶의 둑을 무너뜨리고 있다는 것도 깨닫게 된다.

혼자서도 잘 지내는 요즘 젊은이들의 모습을 접할 때면, 더더욱 '같이' 또는 '더불어'라는 삶의 가치관에 대한 이해 폭이 얼마나 될까라는 생각이 들곤 한다.

더구나 수업시간에도 휴대폰을 손에서 놓지 못하는 학생을 바라볼 때면, 요즘 사람들은 사랑 시대가 아닌 휴대폰사랑 시대를 살고 있는 게 아닌가 외치고 싶기도 하다.

불안을 삶의 마음속 중심에 놓고 살아가는 우리 현실 속에서 새로운 해법은 없을까 하는 생각을 하면서, 처음이라는 것이 얼마나 좋은 것인지를 느끼는 날이다.

첫 번째 태어남, 첫날, 첫사랑, 초심, 시작 등 이 얼마나 좋은 소리들인가. 그 표현에는 불안이 아닌 두근거림의 희망이 있기 때문이다.

우리 모두 처음일 때 초심의 지혜를 찾는 것, 이것 또한 우리들의 살아가는 목적을 다시 상기시키는 행위가 되지 않을까 하는 기대 속에, 나의 처음에는 어떤 것들이 있었나 조용히 더듬어 보는 시간을 가져 본다.

92

함께 가는 삶의 행복

함께 가는 길은 굴곡진 곳이 많아 주위를 살피며 보조를 맞추고 걸어가는 것이 쉽지가 않은 것 같다. 그러나 가끔은 보조를 맞추며 같이 걷는 것도 좋은 것 같다.

주말이면 가끔 산행을 하면서 힘들어하는 나를 점검하듯이, 일정한 코스를 걸어 보는 습관이 언제부터인지 나에게 생겼다.

오늘은 여느 때와 마찬가지로 지인 몇 분과 함께 내가 목표를 정해 둔 곳까지 산행을 하기로 했다.

산길에 접어들 무렵부터 어김없이 내 발걸음은 빨라지고 내가 목표로 한 지점까지 앞질러 혼자 걷고 있었다.

체력을 점검하려면 혼자 와서 걷고 싶은 만큼 걷고 돌아가면 될 일이지, 왜 같이 와서 따로따로 재미없는 산행을 하느냐며 한마디씩 늘어놓는다.

서로의 컨디션을 살펴보고 같이 걸었더라면 좋은 산행이라고 이야기했을 산행이었다. 나의 독주는 내가 지금껏 살아온 삶을 그대로 보여 준 것 같았다.

주위를 돌아보지 않고 내 목표만 보고 살아가는 하루하루 삶이, 얼마나 주위를 피곤하게 하였을까 하는 생각이 든다.

힘들면 서로 손을 잡아 줄 수 있음에도 모든 것을 혼자 해결해 보려 하고, 목표가 정해지면 주위는 생각도 않고 혼자 앞으로만 전진했던 지난 내 모습들이 오늘 유난히 부끄러워 보였다.

모든 행복은 혼자가 아닌 함께 가는 삶의 길에서, 더욱 크게 만들어진다고 한다. 그동안 '함께'라는 것을 입으로만 떠들어 대며, 진정한 행복은 느끼지도 못하면서 흉내만 내고 살았다는 생각이 강하게 느껴지는 날이다.

어둠이 오면 가족이라는 공간 속에서 '함께'라는 또 다른 내 삶의 생활이 펼쳐지는데, 이 또한 낙제점일 것이다.

어쩌면 나는 지금껏 주위는 없고 나만 있는 독선 속에서, 겉만 느끼고 속없이 살아왔던 것 같다.

조용히 거실 밖을 본다.

수많은 아파트 불빛이 오늘따라 가족이라는 행복공간으로 보이며, 저들은 무슨 행복을 느끼며 시간을 보낼까 하는 생각이 든다.

세상이 힘들다고 수많은 사람이 이야기하고 있지만, 환한 불빛이 희망으로 보이듯, 가끔은 나와 같이 동행하는 사람의 모습도 마주 보며 함께 보조를 맞추어 간다면, 분명 나도 함께 가는 삶의 행복을 연출할 수 있으리라 자신해 본다.

꽃 (20×20cm, 장지, 아크릴채색, 2022)